JN319483

5分で泣ける!
胸がいっぱいになる物語

『このミステリーがすごい!』編集部 編

宝島社
文庫

宝島社

5分で泣ける！ 胸がいっぱいになる物語

ベストセレクション
Best Selection

26 STORIES OF ONE'S HEART IS FULL.

『このミステリーがすごい！』編集部 編

宝島社

5分で泣ける！

胸がいっぱいになる物語

目次

サクラ・サクラ

柚月裕子

初出『「このミステリーがすごい！」大賞10周年記念　10分間ミステリー』（宝島社文庫）

海から上がると、浩之《ひろゆき》はマスクとスノーケルを外した。

足先につけているフィンを脱ぎ、ビーチチェアに倒れ込む。

真っ青な空が、目の前に広がる。さわやかな風が吹き、頭の上でヤシの葉が揺れた。

浩之はペリリュー島にきていた。パラオ共和国の数ある島のひとつで、大きな港のあるマラカル島からボートで約一時間のところにある。広さは南北に九キロ、東西に三キロ。人口は約七百人といわれている。

フィジーやハワイのように、大型ショッピングモールや近代的なホテルはない。あるのはマリンブルーの海とビーチ、島で唯一の土産物屋、ダイブショップ、それからレストラン。宿泊はバンガローだ。

夏休みを利用しての旅行だった。去年、勤めていた会社が外国企業に買収され、外国人が上司になった。上司は事あるごとに、日本式のやり方を否定した。無能呼ばわりされ、自信を失った。鬱屈した毎日から逃れたくてここへ来た。

もうひと泳ぎしよう――

腰を上げかけたとき、どこからか懐かしい唄が聞こえてきた。「さくら　さくら」だ。日本人の観光客が歌っているのかと思ったが、それにしては言葉が少したどたどしい。現地の人間が、口ずさんでいるようだ。日本から遠く離れた島で、なぜ日本古謡が歌われているのだろう。

浩之は立ち上がり、声をたどった。

導かれるように歩を進めると、ビーチの奥に日本の鳥居とそっくりの建造物があるのを見つけた。石材でできた鳥居の上に「ペリリュー神社」と日本語で書かれている。鳥居の奥には小さな祠《ほこら》があり、両脇にシーサーのような狛犬《こまいぬ》が鎮座している。

鳥居の手前にある階段に、ひとりの老人が座っていた。くたびれた麻のシャツに、半ズボンをはいている。現地の人間だ。老人はしわがれた声で歌う。

さくら　さくら　やよいの空は　見わたす限り
かすみか雲か　匂いぞ出ずる　いざや　いざや　見にゆかん

老人の首から、麻ひもで結ばれた鈴がぶら下がっている。鍍金《めっき》が剝がれた古いものだ。歌に合わせてチリンと鳴る。

「その歌をよくご存じですね」

浩之は片言の英語で訊《たず》ねた。老人は白く濁った目を浩之に向けると、日本語で答えた。

「島の年寄りは、たいがい歌える」

「日本語が話せるんですか」

浩之は驚いた。パラオの言語はパラオ語か英語だ。

老人は弛《たる》んだ瞼《まぶた》を押し上げるように、瞬きを何度もした。

「あんた、まだ若いね」

浩之は今年で三十になる。老人から見れば、孫くらいの歳だろうか。

「だったら、この島で戦争中、なにがあったか知らないだろう」

浩之は反射的にうつむいた。学校教育で、日本は戦時中にアジアでひどいことをしたと教わった。この島でも日本兵は、島民にむごいことをしたのだろう。

老人は視線を海に向けると、水平線の彼方を眺めた。


第一次世界大戦後、パラオは日本の委任統治領になった。

太平洋戦争がはじまると、日本軍にとってパラオは、グアムやサイパンの後方支援基地として、重要な位置を占める要衝《ようしょう》となった。それはアメリカにとっても同じだった。米軍にとってはフィリピン奪還の拠点として、なんとしてでも手に入れたい場所だった。

日本は米軍のパラオ攻略を防ぐため、関東軍最強と呼ばれた第十四師団をパラオに派遣した。そして、麾下《きか》の水戸歩兵第二連隊と高崎歩兵第十五連隊、およそ一万人を、ペリリュー島の守備に充てた。当時、島にはおよそ九百人の住民がいた。

日本はパラオに南洋庁を置き、稲作やさとうきび、パイナップルなどの栽培を教えた。道路をつくり電話もひいた。文字を持っていなかった人々のために尋常小学校を建て、日本語を教えた。病院をつくり、疾病対策として予防接種も行った。共生を図ろうとした日本を、パラオの人々は敬愛した。

しかし、戦況は日本にとって、次第に不利になっていった。そして、日本軍がペリリュー島に飛行場建設をはじめてから七年後の一九四四年九月。米軍が島へ艦砲射撃を行い、いよいよ上陸してくるとの情報が入った。その数およそ四万人。兵力はもちろん、装備の面でも戦力の差は歴然だった。

米軍が上陸するという二日前の夜、島民を代表して数人の若者が、日本軍総司令部を訪れた。守備隊長、中川州男《なかがわくにお》大佐と話をするためだ。

「夜遅くに、なんの用か」

軍服に身を包んだ大佐は、若者たちに椅子《いす》を勧めた。椅子に座ると若者たちは、固い決意を含んだ目で、大佐を真っ直《す》ぐに見つめた。

「我々をあなた方とともに、戦わせてください」

島民が集まり、集会を開いてそう決めたという。

どこからか風が吹き、コンクリートの壁に映っている大佐の影が、大きく揺れた。一番年嵩《としかさ》の若者が、大佐の方に身を乗り出した。

「島の人間の心は大人も子供も、日本とともにあります。生きるも死ぬも一緒です」

部屋の壁際に待機していた日本兵のなかには、目頭を押さえる者もいた。

若者たちの申し出を黙って聞いていた大佐は、閉じていた目を見開いた。いつもはおだやかな瞳が、強い光を放っている。大佐は椅子から立ち上がると仁王立ちになり、若者たちを睨《にら》みつけた。

「貴様、帝国軍人を愚弄《ぐろう》するか！」

思いもよらない言葉に、若者たちは驚いた。

「いやしくも帝国軍人が、貴様ら原住民と一緒に戦《いくさ》ができるか！」

大佐は踵《きびす》を返し、建物の奥へと戻っていく。若者たちは悲しみと屈辱を胸に、総司令部をあとにした。

若者たちは大佐の言葉を、集会場で待っていた島民に伝えた。島民は誰もが信じられないという顔をし、茫然とした。なかには悔しさのあまり、泣きだす者までいた。

ある男が言った。

「表向きは仲良くなれたと思っても、所詮、国も民族も違う。仲間だと思っていた私たちが、浅はかだったのかもしれない」

翌日、島民は日本軍が用意した船で島を離れ、パラオ本島へ去ることに決めた。支度を整え、すべての島民が船に乗り込んだときには、夜になっていた。

出航をまえに、島民たちは浜辺を眺めた。月が美しい晩だった。浜辺にヤシの木の影ができていた。あたりは風にそよぐヤシがいつもどおり揺れているだけで、変わったことはなにもなかった。

「もう行こう」

誰かが言った。

汽笛が鳴った。

船がゆっくりと動き出す。

浜を離れ、沖へと向かう。

そのとき突然、浜の方から大きな歓声が聞こえた。驚いて島を見ると、そこには浜を埋め尽くすほどの日本兵がいた。ある者は千切れんばかりに両手を振り、ある者は船に向かってなにやら叫んでいる。島民の見送りに来たのだ。歓声はいつしか、歌に変わっていた。日本兵がよく歌っていた「さくら　さくら」だ。

さくら　さくら　やよいの空は　見わたす限り
かすみか雲か　匂いぞ出ずる　いざや　いざや　見にゆかん

月明かりのなか、日本兵は声を限りに歌う。

兵士の真ん中に、中川大佐がいた。直立不動のまま口を大きく開け、歌っている。

島民はやっと気づいた。昨日の大佐の言葉は、民間人である島民を戦いに巻き込みたくないがために言った、偽りの言葉だったのだと。

いつしか、島民も歌っていた。船の縁から身を乗り出し、誰もが泣いていた。日本兵の優しさに感謝し、涙した。

日本兵の歌声は、波の音に消されることなく、船が遙《はる》か沖へ出るまで聞こえていた。


「……その後、日本軍はどうなったんですか」

浩之は訊ねた。

「軍事力から見てアメリカ軍が上陸したら、ペリリューは二、三日で陥落すると言われていた。しかし、日本軍は決死の敢闘を見せ、米軍上陸開始から二カ月半、持ちこたえた」

「二カ月半も……」

「のちに、太平洋方面最高司令官だったニミッツ提督は『制空、制海権を手中にした米軍が、一万人余りの甚大なる死傷者を出してペリリューを占領したことは、いまもって大きなナゾである』と言ったそうだ。本土からの補給が一切なく、物資や食糧が不足していくなかで日本兵は、アメリカ軍の猛攻によく耐えたと思う。想像を絶する殲滅《せんめつ》戦になるとわかっていたから、中川大佐は島民を本島に逃がしたんだ」

「中川大佐という人は、どうなったんですか」

老人の、いまは光を映さなくなった瞳が、わずかに揺れる。

「司令部陣地の弾薬が尽きたとき、中川大佐をはじめとする上級将校は割腹自決を遂げた。そのあと、本土に電文が送られた。文面はサクラサクラの六文字。軍旗を奉焼し、玉砕を伝える暗号電文だった」

老人は空を見上げた。

「終戦後、島に戻った島民は、おびただしい数の日本兵の死体を見た。島民は亡骸《なきがら》を丁重に弔うと、このペリリュー神社に御霊《みたま》を祭った」

浩之は老人の後ろにある、小さな祠を見た。

「あんたにも、島民を救ってくれた日本兵と同じ血が流れているんだよ」

自分にも、同じ血が――

浩之は自分の手のひらを見た。皮膚の下を流れている、細い血管を見つめる。開いた手のなかに、自分を無能呼ばわりする上司の顔が浮かんだ。その顔を握りつぶすように、手を強く閉じる。

「わしはこの地を訪れる日本人たちに、この話を何度となくしてきた。わしらの命を救ってくれた、誇り高き日本兵の話を語り継ぐために」

――わしら。

浩之は老人を振り返った。たったいままで、隣にいたはずなのに姿がない。

「おじいさん」

呼びかける。

返事はない。

風が吹いた。

近くで、チリン、と鈴の音がした。

音の先を見る。祠の右側に座っている狛犬の首から、麻ひもで結ばれた鈴がぶら下がっていた。鍍金が剝がれた古いものだ。

――チリン。

風が吹くたび、狛犬の首で鈴が鳴った。

夏の終わりに　里田和登

初出『5分で読める！　ひと駅ストーリー　降車編』（宝島社文庫）

窓を開けると、明け方特有の澄んだ空気が流れ込んできた。目覚めて五分後にはもう、大学を休むことに決めていた。何となく、朝方の海沿いを歩きたいと思った。汗がにじみ出す頃には、列車も走り出すことだろう。

心地よい疲れとともに、無人のシートの中央に腰掛ける。扇風機の風を受け、中吊り広告がかすかに揺れていた。独り占めの車内。大きく呼吸をし、背もたれに体をあずけていく。しばらくして連結部の扉が開き、足音が近づいてきた。それが女性、それも若い女の子だと分かったのは、くびれの無い貧弱な腰が目の前で沈んだからだ。なぜ有り余る席の中で、俺の真正面を選んだのだろう。向かい合ったまま一分が経過した。一定のリズムで繰り返される、古びた列車特有の摩擦音。

「おはようございます」

突然、女の子が言った。驚いて目線を上げる。ぎこちない笑顔が張り付いていた。

「突然話しかけてごめんなさい」

「いえ」

「お疲れみたいですね」

「堤防沿いを十キロほど歩きました。ほら、ちょうど後ろの」

女の子は首を曲げ、背中越しに広がる紺青の塊を見つめた。

「どこまで行かれるのですか」

「俺ですか。次の駅で降りますよ」

「え。なぜです」

「自宅の最寄り駅だからです」

「そう、ですか」

「何か、問題でも」

「あの、私は終点まで行くのですが」

「はい」

「なんでもありません……」

女の子は、おもむろに腕をさすりはじめた。人は彼女の動きをこう表現することだろう。そわそわしている、と。なんだか奇妙な子だ。俺は会話を打ち切るべく、黄ばんだ路線図に視線を移した。あまり目を合わせないのも不自然なので、しばらくしてから再び真正面を向く。女の子はまっすぐ、俺を見ていた。

「……」

目の前の唇が震え、二度、空回りした。三回目でようやく声らしきものになる。

「唐突ですが、私は今から突拍子もないことを言います。最後まで気味悪がらず、聞いていただけたら嬉しいのですが」

俺は「程度にもよります」という警告の意味を込め、あいまいに頷いた。

「良かった。実は私、地球人ではないのです」

許容範囲を瞬く間に越えてきた。

「引かないで、どうか引かないでください」

女の子は間髪《かんはつ》容れずにまくし立てた。気持ちの良い朝なのに、おかしな人に捕まってしまったものだ。とはいえ、このマンマークの状況では逃げ場が無い。まあ、どうせ次の駅までの辛抱だ。少しくらいなら、話に付き合ってもいいかもしれない。

「引いてないですよ。唐突な話なので、百パーセント信じることも出来ないですが」

「どうか信じてください」

「ちなみに、どちらからいらしたのですか」

「地球の方がまだ認識していない、はるか遠くにある棒渦巻銀河《ぼううずまきぎんが》からです」

「それはまた。長い旅路だったでしょう」

「厳密にいうと違うのですが、瞬間移動のような方法なので、それほどでも」

「それは、どういうものなのですか」

「それは、ですね」

絵に描いたようなしどろもどろに、思わず苦笑してしまう。おそらくは、なりきる上での細かい設定を詰めていないのだろう。

「説明が出来ないわけではないんです。宇宙の認識度が五パーセントに満たない地球の方に、簡潔に説明をするには時間が少なすぎます。ですから、今はどうか」

女の子は切羽詰まった表情でそう言って、頭を下げた。

「というのも、あと三十分もすれば、私は半ば強引に故郷に連れ戻されてしまいます。本当は十日前に自主的に帰還すべきだったのですが、決心がつかず、ずるずると今日まで引き延ばしてしまいましたから」

女の子は左右の手をまっすぐ膝に落とし、うつむいた。三十分後といえば、この列車がちょうど終点に辿《たど》り着く頃だ。

「帰りたくないのですか」

「帰りたくありません。地球にやってきて三年間。本当に、本当に楽しかった。まだまだ読みたい本がたくさんあります。またまだ行ってみたい所がたくさんあります」

「例えばどこに行きたかったのですか」

「那須塩原《なすしおばら》とか……」

目を伏せたまま、女の子はぽつりと言った。

車掌の作り込んだアナウンスが聞こえてくる。到着までまもなくだ。このおかしな状況からも、まもなく解放されることだろう。

女の子は慌てているらしく、

「私はこれから、更《さら》に突拍子もないことを言います。それがあなたにとって突拍子もないということを、自分でも理解しているつもりです。お時間があれば、もう少しスマートに説得出来たかもしれません。ですが、もう」

早口でそうまくし立てると、視線を左手のチープな腕時計に移した。

「私は今から時の流れを止めるつもりです。私の星の誰しもにある、人生で一度だけ使える権利です。その間、宇宙の中で動けるのは私だけ。肉体や脳が老いることもありません。私はこれを使い、気の済むまで地球の文化を堪能しようと思っています」

この腕時計が、時間を止める機械という設定らしい。不安げな表情でこちらを見る女の子。大きく息を吸った。

「駄目元で言います。ご一緒に時の流れから外れてみませんか」

ご一緒に踊りませんかの態《てい》で、クレイジーなことを言われても。女の子は立ち上がり、ゆっくりと近づいてくる。少し怖かった。

「迷いが生じたのは昨晩です。なるべく長期間、時の流れを止めていたい。でも一人きりだと寂しくて、いつか頭がおかしくなってしまう。馬鹿ですよね。そのことに、直前になって気付いてしまったんです。団体での停止を、故郷が推奨していたわけもようやく分かりました。でも、全てがあとの祭でした。私はこの三年間、地球のことを知りたくて、ネット閲覧と読書ばかり。もともとの人見知りが災いし、まともな会話はほんのわずかです。一番お話をしたのは、コーポの大家さん。最近は家賃が口座払いになり、彼女とのお話の機会も減りました。ああ、なんでだろう。言いたいことがまとまらない。何が言いたいか、分かっていただけますでしょうか。要するに、私には心を通わせる地球の方がいないのです」

女の子は鼻をすすった。すすり続けた。

「一人は悲しい。出来れば、地球の方と一緒がいい。そう思ったら、いてもたってもいられなくなり、私は深夜、コーポを飛び出しました。しかし時間が時間でしたので、人気《ひとけ》が全くありません。目に付いたのはコンビニ前に屯《たむろ》する若者たち。私にはハードルが高すぎました。さりげなく道を尋ねるところから始めてみようとか、いろいろ考えているうちに、空が白《しら》んできました。このままでは一人ぼっちが確定だ。私は焦りました。少しでも人が多い場所をと思い、いちかばちかで駅に飛び込みました。そして、今こうしてあなたに出会ったんです。もちろん、信じてもらえないのは分かっています。ちなみにコーポに戻れば、小動物と話が出来る機械や、一瞬で塩麴《しおこうじ》を熟成させる機械、姿を半透明にする機械や、過去を撮影する機械、記憶を自由に改編する機械など、様々《さまざま》な道具があります。それらをお見せすれば、信じてもらえる確率が増したでしょう。慌てていたせいで、私はそんなことすら思いつきませんでした」

迫真の演技だった。演技性パーソナリティ障害という言葉が脳裏をかすめる。同時に少し不憫《ふびん》になった。強引に乗り付けられた気もするが、乗りかかった船である。彼女の狂言に最後くらい優しく付き合ってやろうと思った。

「俺なんかでいいんですか」

女の子は目を丸くして、俺を見た。

「あなたがいいのです。一人ぼっちでたそがれるあなたに、私は自分を重ねました」

「心地よい疲れに、まどろんでいただけなのですが」

「あなたがいいのです」

「圧《あっ》がすごいな。まあいいですよ。そんなことが本当に出来るとは思えないですが」

「出来ます、出来ます。気が変わらないうちに、この時計に手を重ねてください」

女の子は嬉しそうに、左手を差し出した。

「何年くらい止めましょう。私としては、長ければ長いほど良いのですが」

「最大で、どのくらい止められるのですか」

「理論的には、いくらでも。百億年だって可能です」

リアリティのない数字が出てきたものだ。

「お任せします。お好きなだけ結構ですよ」

「本当ですか。常軌を逸《いっ》してもいいのですか」

「どうぞ常軌を逸してください」

「一度設定したら解除出来ませんよ。動けるのは私とあなただけ。二人きりですが」

俺はぶっきらぼうに言い放った。

「ロマンチックですねえ。長い間一緒にいたら、何かが芽生えるかもしれませんね」

「別れがとても辛くなるかもしれません……」

女の子は恥ずかしそうに、はにかんだ。

「確かに。でもその前に、何度か衝突はあるでしょうね」

「価値観の相違ってやつですね」

「そもそも、始めはお互い、探り探りになるはずです」

「一番楽しい時期です」

「押したり引いたりの駆け引きもあるでしょう」

「そして徐々に打ち解《と》けて」

「もろもろあって、やがてやってくる倦怠期《けんたいき》」

「辛いです」

「捨て台詞《ぜりふ》は、二度と顔も見たくない」

「でも、結局寂しくなりますよね」

「ええ。そして百年後、約束の場所で運命の再会」

「那須塩原がいいです！」

俺は苦笑し、腕時計に手を添えた。

「では行きますね」

女の子が何かを呟いた。


「あの、何も起こりませんが」

日差しが目に入り、女の子が二つにぶれたように感じた。でも、それだけ。何も起こらない。甲高《かんだか》いブレーキ音とともに、列車の速度が少しずつ落ちていく。

「機械の故障ですかね」

女の子は何も言わず、うつむいている。演じるのに飽きてしまったのだろうか。

「ちなみに、俺の記憶は消さなくて大丈夫ですか。俺はしがない地球人。あなたの存在を触れ回るかもしれませんよ」

女の子は顔を上げ、か細い声で言った。

「それは危険な行動です。私の故郷にも過激な人たちがいます。彼らは秘密の拡散を避けるため、あなたのことを粛正《しゆくせい》しようとするでしょうね」

「おお怖い。もう一度あなたに会いたいと大騒ぎしたら大変なことになりますね」

「それだけはありません」

「分からないですよ」

「分かります。だって、今この時点のあなたは、私のことを信じていませんから」

なるほど。俺たちは実際、永遠のような長い時を一緒に過ごした。そして俺は、その時の思い出を綺麗さっぱり消されてしまった。女の子はそういうことにしたいらしい。そういえばコーポにそんな機械があるという話もしていたような。

俺の苦笑とともに、降車扉が開いた。車輌の中がさざ波の音で満たされていく。

「じゃあ、そろそろ行くよ」

もう十分だろう。自分なりに、できる限りの優しさは見せたつもりだ。

「あの。最後に一つだけいいでしょうか」

「なんだい」

俺は振り向いて、呼びかけに応じた。不思議だった。懐かしい感覚と共にとても優しい表情を、女の子に対し向けていた。彼女は一瞬面食らった後、

「何でもありません。いつまでも、いつまでもお元気で」

目を潤ませながら、笑顔を作った。

気怠《けだる》げに列車が動き出す。窓に両手をつき、悲しげに俺を見つめる女の子が、少しずつ遠ざかっていく。何事もなければ、やがて終点のさびれた岬に辿り着くことだろう。喉や鼻に、不思議と痛みを感じる。まるで、嗚咽《おえつ》の後の余韻のようだ。きっと今日はいつもより潮の香りが濃いのだろう。

柿

友井羊

初出『「このミステリーがすごい！」大賞10周年記念　10分間ミステリー』（宝島社文庫）

「思い出すわ」

庭に生《な》った柿を眺めながら、英恵《はなえ》は嬉《うれ》しそうに顔を綻《ほころ》ばせた。私は妻の隣に腰を下ろして、縁側《えんがわ》から丸々とした朱色の果実を見詰《みつ》めた。

「何をだ？」

「都合の悪いことは、すぐに忘れるのね。私とあなたの出逢《あ》いじゃないの」

目尻に深い皺《しわ》が刻まれているが、無邪気な笑顔は少女のようだった。かつての英恵の家には大きな柿の木があり、勝手に盗んだ不届き者の小僧がいた。それが二人の馴《な》れ初《そ》めだった。私は苦い顔をして、ぶっきらぼうに応えた。

「そんなこともあったな」

「なぜ柿を取ったのか、ずっと後に理由を教えてくれたわね」

私は目を伏せて、小さく息をついた。遠くから鴉《からす》の鳴き声がした。今日は生ごみの日だ。収集車が来る前に、何処《どこ》かを荒らしているのだろう。

「鳥に盗《と》られたら、口惜《くや》しいだろう」

ふと隣を見ると、英恵はまぶたを下ろしていた。時折、妻は不意に眠りにつく。不安になり口に手をかざすと、かすかな吐息が手の平を湿らせた。

英恵を抱え、布団まで運ぶ。ここ数年ですっかり軽くなった。私も老いで衰え、運ぶだけで難儀《なんぎ》した。

昼前に英恵は目を開けた。

「何か飲むか」

訊《たず》ねると、英恵は遠い眼差しで頷《うなず》いた。台所で湯を沸かし、緑茶を淹《い》れる。盆にのせて運んで差し出す。すると英恵は、不満そうに眉間に皺を寄せた。

「本当にあなたは忘れっぽいわ。緑茶が苦手なこと、前に話したのに」

湯のみの底で、細かい茶葉が澱《おり》になっていた。

「うっかりしていた。別のものを用意しよう」

「いいわ。それより、そばにいて。なぜだかとても不安で」

英恵の手を握ると、険しい表情はすぐに和らいだ。七十余年の歳月が互いの肌に刻まれていた。英恵の瞳は薄く開かれていて、光はゆっくりと弱々しいものに変わっていった。

「ありがとう、進太郎《しんたろう》さん」

それだけ告げて、英恵は再び眠りについた。

空いた手で温《ぬる》くなった緑茶を啜《すす》る。私の好物である知覧《ちらん》産の玉露だった。

一羽の鴉が木に止まり、枝を揺らした。柿が千切れ、地面に落ちる。熟した果実は土の上で潰れた。濃密な香りが、部屋まで届くように感じられた。

妻は脳の病《やまい》を患《わずら》っていた。今では一日の大半を眠る。たとえ意識があっても、記憶が混濁していた。

英恵は今、美しい思い出の中のみで生きている。語られる言葉は全て、若き日の出来事ばかりだ。もう長くないと医者から告げられている。私は何も云《い》わず、寄り添うことを選んだ。


「ひどい家ね。今にも壊れそう」

祖父母の終《つい》の住処《すみか》を見て、孫の英里香《えりか》は不機嫌そうにこぼした。夕焼けの太陽が西に沈もうとしていた。手に提げた紙袋には、柿の葉茶が入っていた。

「頼まれたから買ってきたけど、こんなの誰が飲むのよ」

「英恵が好きなんだ。緑茶は苦手らしい」

「そうなの？」

英里香が目を丸くさせた。きっと身内の誰もが同じ反応をするだろう。

「あの人は、変わらずにあのままなの？」

朽ちかけた平屋を睨《にら》んで、英里香が云った。英恵は昼すぎからずっと、寝室で横になっている。頷くと、英里香は顔を顰《しか》めた。

「お祖母《ばあ》ちゃんが、あんな人だと思わなかった」

此処《ここ》に越すことに最も反対したのが英里香だった。しかし近所に住む親類が他におらず、何かと世話をしてもらっていた。

私が何も云わずにいると、英里香は唇を噛《か》んで、すぐに帰ってしまった。

孫が消えた後で、私はその場にうずくまった。何度も咳き込んでから、草むらに痰《たん》を吐いた。鮮やかな赤色が雑草にへばりついた。

家に入ると、英恵が簞笥《たんす》を漁《あさ》っていた。

「何をしている」

私を見止《みと》めると、英恵が胸に飛び込んできた。顔を押し付けて、さめざめと涙を流す。服越しに、私の背中へ爪が立てられた。

「あなたを追って、町を出ようと思ったの。こんな家など、もううんざりよ」

英恵の実家は近隣の機織物《はたおりもの》を一手に牛耳《ぎゅうじ》る豪商だった。そこの箱入り娘が、下働きの男の息子と恋に落ちた。身分違いの純愛に、家族はひどく反対した。遙《はる》か、六十年前の出来事だ。

「釣り合う男になるなんて、望まぬともよかったのに。側《そば》にいてくれれば、それで充分なのだから」

「すまなかった」

細い肩を抱き、ゆっくりと髪を撫《な》でる。出会ったときは、漆塗りのように艶《つや》やかだった。今ではすっかり色が落ち、窓から入る日差しで朱《しゅ》に染められていた。

顔を上げた英恵は、穏やかな微笑を浮かべていた。残された時間はもうない。だがそれと同じくらいに、私にも先がなかった。たとえ全身が癌《がん》に蝕《むしば》まれようと、妻より先に逝《い》くわけにはいかなかった。


「あの日も、今みたいな満月だったわ」

夕刻に眠りについた妻は、夜中に意識を取り戻した。縁側に並んで座ると、十五夜の月が浮かんでいた。濃い山吹色《やまぶきいろ》は、熟し切る前の柿に似ていた。

「あなたは私の前からいなくなった。その間に縁談は進んで、私は嫁ぐことになった」

鈴虫の鳴く中、英恵は責めるように唇を尖《とが》らせた。秋夜の風は冷たく、私は柿の葉茶を用意した。湯呑《ゆの》みから湯気が立ち上《のぼ》る。口をつけると、英恵は幸せそうに目を細めた。

「相手の方はとても良い人だった。誰もが私たちを祝福してくれたわ」

風が強く吹き、柿の木の枝を揺らす。葉がこすれて、ざわめきを奏でた。英恵は私の肩に頭を傾《かし》がせた。

「あなたが柿の実を盗んだ理由。それは私の家と同じ木を庭に生やすため。私があなたを知る前から、ずっと私を愛してくれていたのね」

灰色の雲が流れて月を隠し、辺りが急に暗くなる。にわかに息づかいが弱まった。

英恵が目を閉じると、肩にかかる重さが増した。

「進太郎さんは結婚式に、私を攫《さら》いに来てくれた。本当に嬉しかった……」

英恵はそのまま黙ってしまう。凪は止み、鈴虫の声も消え失せた。小さな吐息を逃さぬよう、私は耳を澄ませた。

商売を広げる為に、双方の家が望んだ式だった。そこに男が突然押しかけて、場は騒然となった。あの日のことは、今でも鮮明に覚えている。

間近《まぢか》にある妻の頬をそっと撫でる。あの時英恵が下した決断には、どれ程の覚悟が必要だったのだろう。刻まれた皺の全てを恋しく思った。

届かないと知りながら、私は英恵に告げる。

「お前と過ごした日々は、心から幸せだった」

仕事は順調に進み、子や孫にも恵まれた。英恵は良き伴侶《はんりょ》として、ずっと隣で支えてくれた。常に夫を立て、愚痴《ぐち》一つこぼさなかった。凛《りん》とした佇《たたず》まいは、今にして思えば張り詰めた糸にも似ていた。

「それなのに私は、お前が緑茶を苦手なことさえ知らなかった。私に合わせて、ずっと我慢をしていたのだな」

夫が好む緑茶を、顔色一つ変えずに飲んでいた。身内の誰もが、英恵は緑茶を好きだと思っているだろう。

息子に会社を譲り、妻と余生を過ごそうとした。その矢先に夫婦して病に罹《かか》った。英恵はあらゆることを忘れていき、遂には過去だけに生きるようになった。

今の英恵は、私の知らない顔をしている。少女のように喜怒哀楽が変わりながら、表情はいつでも満ち足りていた。

「思い返せば、あたたかな言葉をかけたことなど一度もなかったな」

刺すような痛みが胸を襲い、漏れそうになる声を押し殺した。

私はある男を探した。だがすでに他界しており、住まいだけがわかった。男はずっと独り身で、庭には一本の柿の木があった。私は妻と共に、その家で暮らすことにした。

柿の木は寿命が近づき、肌が朽ちかけていた。この木が生まれたのは六十余年前のことだ。身分違いの少女に焦がれた少年が、せめてもと願った恋慕《れんぼ》の果実から芽生えたのだ。

「結婚式の日に、お前は私を選んだ」

群青の空を見上げて、深く息を吐いた。身体がひどく重かった。薄雲の向こうで、月の輪郭がぼんやりと浮かび上がっている。

互いの手のひらを重ね合わせるが、妻は応えない。落ちた柿は鳥に食われることなく、熟れた匂いを漂わせていた。

「だが胸の奥ではずっと、進太郎という男を想い続けていたのだな」

病の進行した英恵は、ある日を境《さかい》に進太郎という名ばかりを呼び始めた。それは式に現れた男の名だった。

結婚式当日のことだ。乱入してきた男は、私の妻となる人の名を叫んだ。だが白無《しろむ》垢《く》を着た英恵は、男から顔を背《そむ》けた。決意はきっと、家の為だったに違いない。

「私はお前の最愛ではないのだろう。それでも、お前を一番に愛していたよ」

昏《くら》い雲が掻《か》き消え、丸い月が再び顔を出した。縁側が鈍い光に照らされる。示し合わせたように、鈴虫が一際《ひときわ》大きく鳴き始めた。

そのときだった。英恵が私の手を握り返した。

「私も、愛していますよ。——さん」

妻が口にした名前に、私は目を見開いた。しばし茫然《ぼうぜん》としてから、私は柔らかく微笑む。互いの吐息が重なり、其《そ》れから静かに弱まっていく。

英恵が目を閉じたのを見届けて、私もまぶたを下ろした。柿色の月は滑り落ちることなく、いつまでも私たちの頭上で輝いていた。

一年後の夏　喜多南

初出『5分で読める！　ひと駅ストーリー　夏の記憶　東口編』（宝島社文庫）

こぢんまりとした市立図書館の、自動ドアを抜けた。ここまで全速力で走ってきたから、立ち止まったことで汗がどっと吹き出してきた。

外の気温は四十度超えの、猛り狂う暑さだった。火照《ほて》りきったあたしは顎に伝った汗を拭《ぬぐ》いつつ、入り口脇にある受付の卓上カレンダーで、今日の日付と年数を確認。

やっぱり、跳んでいる。毎年恒例になっている、時間移動だ。

静かで涼やかな館内を見渡せば、夏休みの昼下がりにしては、たいして人が多くない。学生の姿がちらほらあるけど、ざっと見た感じ知った顔はなかった。

あたしが早足で目指すのは、図書館の一番奥の棚の前。

古い資料集が並んでいて、薄暗くかび臭いので人も寄り付かないようなところだ。

待ち合わせは、いつもそこに決めていた。

最高気温を記録するような夏の一日がやってくると、あたしはちょうど一年後の未来に跳ぶ。

ただし一年に一度、たった一時間。

それは不意に起こるし、自分ではコントロールができない現象だった。少しだけ未来の世界を経験して、あたしは元の時間に帰ってくる。小さい頃からずっとそう。

いつ頃からか、あたしは一年先の『あたし』と待ち合わせをするようになった。

時間移動した日を覚えておいて、その一年後になったら、過去の『あたし』に会いに、待ち合わせの図書館へ行く。

そうすることで、ここ一年間の情報を、未来の『あたし』から先取りできるのだ。これを活かさない手はない。まぁ、得た情報で都合の悪いことを改変しようとしても、大抵うまくいかないんだけど。

たちならぶ本棚の角から、ひょい、と顔をのぞかせると、いつもなら「よっ」と片手を上げて、照れくさそうに笑う『あたし』がいるはずだった。

——でもそこに、『あたし』はいなかった。その代わりに、矢崎《やざき》がいた。

制服の似合わないでかい図体で、狭苦しい本棚の間に居心地悪そうに立っている。

……なんで、ここに矢崎が？　一番いちゃいけないヤツじゃないか。

だってあたしは矢崎が好きで、ガラにもなく片想いしちゃってて、矢崎との進展具合を一年先の『あたし』に聞きにきたのに。野球命の〝脳筋〟矢崎と、素直になれないあたしとじゃ、大した進展はないだろうとなかば諦めてはいるけど。高校生になったんだし、そろそろ告白したいなとか悩んでたりしてて。

ともかく、当の人物が待ち合わせ場所にいるんじゃ、恋愛相談も何もない。

矢崎もあたしに気付いたのか「うわっ」と、大げさなほど飛びのいた。まるで幽霊に遭遇したみたいな驚きようだ。

「なんであんたがここにいるの？」

「……マジか」

呆然《ぼうぜん》としている矢崎が、口元を覆い隠す。

その仕草は、ふてぶてしいコイツらしくない。どうして驚いているのだろう。

小学生の頃からの腐れ縁なのだ。粗暴な扱いをしてくる悪友みたいな関係でずっとやってきた。普段だったらエルボーとかかましてくるやつなのに、何を大人しく立ち尽くしているんだ。

微妙な空気が流れて、ピリピリとした緊張感があった。あたしは妙に苛立《いらだ》ち、その後少し胸が痛くなった。

目の前にいるのは、一年先の矢崎なのだ。もしかしてあたしと矢崎の友人関係は、一年の間に壊れてしまったのかもしれない。こんな風に気まずい空気が流れる関係になってしまったのだとしたらやるせない。何をやらかした、『あたし』。くそう。

「正直、信じてなかった。でも実際目にしたら信じるしかない、よな」

「は？　なんの……」

言ってる途中で気付く。矢崎は真剣な眼差しだった。どうやら目の前の矢崎は、ずっとあたしが自分だけの秘密にしてた、時間移動能力を知っている。あたしが、一年先の『あたし』じゃないって、分かってる。でもなんで。

疑問がそのまま顔に出てたらしい。矢崎が苦しげに表情を歪《ゆが》めた。

「今日この時間に、一年前のお前が来ることは聞いてた。でも、ここで待っててもあいつは来ない。来れないいんだよ」

「なんで？　なんで『あたし』は来れない――」

不意に、矢崎があたしの手首をつかんだ。

そのまま、ぐいっと引き寄せられ、気付いたらあたしは矢崎の胸の中にいた。

「は？」

なんで矢崎に抱き締められているんだろう。

矢崎の心臓の音が耳元で大きく響いて、汗のにおいとか、かびくさい本のにおいとか、衣服のこすれる感触とか、体温とか、何もかもが近くて。

何で。何で。あたしはパニックに陥った。

「ちょ、矢崎？」

あたしは矢崎の顔を仰《あお》ぎ見る。あたしの片方の頬を、大きな手が覆ってきた。

「ずっとお前のこと、好きだったんだよ。失ってから気付いた。後悔ばっかりだ。俺の時間は、ずっと止まったままだ」

矢崎は、ひどく情けない顔してた。

心臓が痛いほど早鐘を打って、混乱してて、でも一つ気付いてしまったことがある。

この時間に、『あたし』は存在していない。

あたしは矢崎から離れた。顔を直視できなくて、うつむく。

「死んだんだね、あたし」

「……三ヶ月前病気が分かって、それからあっという間だった。お前が死んだのはほんの数日前のことで、正直まだ実感がない。時間移動のことは、死ぬちょっと前に聞いたんだ。だから、俺はお前に会いに来た。お前、過去に戻るんだろ？　だったらさ、だったら、未来を変えることも可能なんじゃないか？　早く病院に行くとか、何かどうにかすれば、お前が死なない未来だって作れるんじゃないかって」

矢崎が色々言ってくる間に、涙が頬を伝っていた。自分が死ぬなんて聞いて、平然としていられるわけがない。信じたくない。しゃくりあげて、か細い嗚咽《おえつ》が号泣に変わって、あたしは死にたくないと泣き喚《わめ》いた。

その間、矢崎はずっとあたしのそばにいてくれた。泣くのを堪《こら》えているように、ぎゅっと唇を噛んでいた。

時間が経《た》って、あたしは辛いながらも、少し冷静さを取り戻した。

「矢崎、そういえば野球は？　夏休みは毎日練習でしょ？　二年の夏は絶対甲子園目指すって言ってたじゃん、こんなところにいていいの？」

「野球はやめた。お前が病気なのに、そんなことしてられないだろ。死ぬまで、ずっとそばにいた」

吐き捨てる矢崎を前に、あたしは呆然とした。

「とにかく、未来を変えるんだ。絶対変えられる。だから、一年前の俺に告《こく》ってくれよ。俺、野球のことばっかりで、全然鈍くて、でもお前に言われたらきっと……」

ぐしぐしと鼻を鳴らしながら、あたしは決意をこめてしっかりうなずく。元の時間に戻ったら、やらなきゃいけないことがある。

得た情報で都合の悪いことを改変しようとしても、大抵うまくいかない。それでも、ほんの少しだけでも、可能性があるなら、未来を変えたい。いや、変えてみせる。

だから、あたしは。


あたしは病気にかかって、余命わずかという宣告をされた。

十七歳、青春真っ盛りの夏なのに、お先真っ暗。ほんの一年前までは元気に走り回っていたのが嘘《うそ》みたいだ。

心残りといえば、もうすぐ過去から『あたし』がやってくる日なんだけど、その日まで生きていられそうにない、ということだ。どうにかあたしの状態を知らせる手段があればいいんだけど、症状が悪化して病室から出られないし、時間移動能力は誰にも話していない秘密なので、何かしら方策を練らなきゃいけないと思う。

蟬《せみ》の声が、窓の外から遠く聞こえる。あたしはベッドへ体をしずめ、一息つく。

今のあたしは前のあたしとは別人みたいな姿になっている。

全身が痛みで悲鳴を上げている。やせ細って腕をあげることすらままならない。食事も喉を通らない。大量の投薬治療で毛がなくなった。吐き気がずっと止まらない。

ベッドの横には、備え付けのテレビが置いてある。日中はずっとつけっぱなしにしているそれを横目で見ると、少しだけ辛さを忘れることができた。夢中になれた。

放送されているのは、高校野球の地方予選の中継だ。

ずっと心の中で応援しているピッチャーの姿をテレビの中に見つけて、あたしは嬉しくなった。

「矢崎、がんばれ」

その名前をあたしは呟く。かすれた声で精一杯の、エールを送る。

矢崎はマウンドに立ち、手の甲で汗を拭って真っ直ぐに前を見据えている。カッコイイじゃん。さすがはあたしが恋した矢崎だ。

あたしは、発病する前に、慎重に矢崎との距離を置いていった。今の矢崎はあたしが病気なことすら知らない。

あたしが病気になって、野球をやめてしまった矢崎はこの世界に存在しない。

だから、あたしは病室で一人だった。きっと、最期まで。

矢崎率いる我が高校の野球部は、この試合に勝てば、甲子園出場が決定する。
胸が熱くなる、手に汗握る展開だった。
全力で投球している矢崎を見ていると、清々《すがすが》しい気持ちになる。
その姿を見られただけで、あたしは、満足だ。

最後のスタンプ　乾緑郎

初出『5分で読める！　ひと駅ストーリー　降車編』（宝島社文庫）

あともう一個でコンプリートだ。

電車に揺られながら、僕は膝の上に載せたスタンプ帳を開いた。

私鉄S線の駅では、夏休みの間、僕の大好きなアニメ「忍者大戦争シリーズ」のキャラクターのスタンプラリーが行われている。

今日は朝早くに起きて、生まれて初めて始発の電車に乗った。時刻表を見てじっくりと計画を練り、ぎりぎり一日で全部の駅を回れる、効率の良いルートを前の日までに考えておいた。スタンプ帳付きの私鉄の一日フリーパス券は、大切にとっておいたお年玉で買ったものだから、何としてでも一日で終わらせたい。

去年までは、夏休みになると家族三人で必ず旅行に出掛けていた。

一番楽しかったのは、小学校一年生の時に行った伊豆大島だ。

竹芝桟橋《たけしばさんばし》から出るフェリーに乗って、雑魚寝《ざこね》の三等客室で、お父さんとお母さんに挟まれて川の字になって船の中で眠った。船内で買ってもらったカップラーメンが、何だかとてもおいしかったのを覚えている。泊まったのは、夏の間だけ家族連れを受け入れる釣り宿で、僕は初めて船釣りを体験した。イサキがいっぱい釣れて、宿の人がクール宅配便で家に送ってくれたけれど、数が多くてお母さんが鱗やエラを取るのに苦労していたっけ……。

今年はお母さんが仕事の休みを取れず、僕は三年生になってから通い出した小学校の学童保育に、休みに入ってからも毎日通っている。夏休みの計画が何もないのがつまらなくて、勇気を出してお母さんに一人でスタンプラリーをしたいと頼んだ。僕が一人で電車に乗るのを心配して、なかなか首を縦に振ってくれなかったけれど、最後は許してくれた。お母さんも、僕をどこにも連れて行ってあげられないのを気にしていたのだと思う。

スタンプ帳に、まだ一個残っている空欄は、シークレットになっているスタンプだった。急行停車駅のスタンプがヒントになっていて、それを全部押すと、隠されている場所がわかる。最後のスタンプのある場所が、都心寄りのI駅の駅長室だということは、友達から聞いて知っていたけれど、最初からそこに行くわけにはいかないから、一日かけて他の全部のスタンプを押してきた。たぶん、I駅で駅員さんに声を掛ければ、駅長室に連れて行ってくれるのだろう。僕は褒《ほ》めてもらえるだろうか。

スタンプ帳を捲《めく》り、僕は何度もヒントを確認した。正直、少しほっとしていた。スタンプを全部集めるまで、本当に最後のスタンプがI駅にあるのか、わからなかったからだ。

お母さんには、日が暮れる夕方七時までに戻るように言われていたが、途中、乗り換えに迷ったりして、計画していた時間よりも遅くなっていた。I駅に行って戻ってくるには、ぎりぎりの時間だ。

朝が早かったから、僕はうとうとしていた。少しだけのつもりで、座ったままドアの手摺りの金具に体を預けて目を閉じる。

去年の夏休みは、僕は毎日家から市民プールに通っていて、家にはいつもお母さんがいた。お父さんは土日も仕事のことが多かったけれど、休みの時は一緒に市民プールに行って、まだバタ足とクロールしかできなかった僕に、平泳ぎを教えてくれた。

優しかった僕のお父さん。

平泳ぎの時は、足の甲を返さずに、足の裏で水を蹴るようにして泳ぐのだとお父さんは教えてくれたけど、今年の夏も、僕はまだ上手に水を蹴ることができない。

眠りから僕を呼び覚ましたのは、男の人の怒鳴り声だった。

びっくりして僕は車内を見回した。夏休み中だけど、平日の夕方だから、会社帰りだと思われる人たちで車内は結構込んでいる。

「当たり前みたいにシルバーシートを占領して、おまけに携帯電話かよ。常識がねえのか！」

続けてまた怒鳴り声と、何かを床に叩きつける音、それを踏みつけるバリンという音が聞こえてきた。車両の隅っこの方からだ。

怒鳴り散らしているのは、スーツを着た四十歳くらいのサラリーマン風の中年男だった。革靴の踵《かかと》の下に、バラバラになった携帯電話の部品が散らばっている。

正面のシルバーシートでは、眼鏡を掛けた気弱そうな大学生風の青年が、青ざめた顔で手を合わせ、頻《しき》りに謝っているのが見えた。

普通に考えると、込んでいる電車の中でシルバーシートに座って携帯電話をいじっていた青年の方が悪いのだろうが、中年男の剣幕は、注意というには度が過ぎていた。今にも殴り掛かりそうな勢いで、口汚い言葉で青年を罵《のの》り続けている。顔が真っ赤なのは、怒っているのか、それともお酒が入っているのだろうか。男はどことなく呂律《ろれつ》が回っておらず、周りの大人たちも、仲裁に入るのを躊躇《ためら》っている。

僕は膝の上のスタンプ帳を広げ、それに夢中なふりをした。何だか卑怯《ひきょう》な気がしたけれど、怖くてそちらを見られなかった。

スタンプ帳は、僕の大好きな「石川五右衛門《いしかわごえもん》」のキャラクターのページになっていた。伊賀忍者出身の大泥棒で、最後は捕まって釜茹《かまゆ》でにされちゃうんだけど、ぐらぐら煮立った油の中で、自分の子供を守るために死ぬまで抱えあげていたっていう伝説がある。

もし同じような状況になったら、お父さんは僕を守ってくれる？　そう聞いた時、お父さんはもちろんだと言って頷いた。

――嘘《うそ》つき。

スタンプ帳を閉じ、僕は立ち上がった。

唾を吐きかけるように青年に罵声を浴びせていた中年男が、僕の方を見て眉根を寄せる。シルバーシートに至る数歩が、とても長い距離に感じられた。

「もうやめてください。この人も反省していると思うし、みんな迷惑しています」

深呼吸して、心を落ち着かせてから言ったつもりだったが、緊張で声が震えているのが自分でもわかった。

「何だお前は？」

怖くて僕は怯《ひる》みそうになったけれど、同じことをもう一度、ゆっくりと中年男に向かって言った。

「大人に対する口の利き方も知らないのか」

声を荒らげて中年男は近づいてくる。殴られるのかと思って僕は身を強《こわ》ばらせ、両手で顔を守ろうとした。その手に握られていたスタンプ帳を、中年男は僕から奪い取った。

「あ……！」

電車がホームに滑り込み、自動ドアが開く。中年男がぱらぱらとスタンプ帳を捲る。

「何だこれは。くだらない」

「やめて！」

男は自動ドアの向こうにスタンプ帳を放り捨てた。ホームに投げ出されたそれを取りに行こうとする僕の腕を中年男が摑む。

「人に因縁をつけておいて逃げる気か」

からかい声で中年男が言う。ドアが閉まる。車内の大人たちは見て見ぬふりをしている。

ふとシルバーシートを見ると、先ほどまで絡まれていた青年の姿はなかった。自動ドアが閉まり、動き出した電車の中からホームを見ると、青年の着ていたオレンジ色のジャケットが見えた。このどさくさに、電車から降りて逃げたらしい。僕は絶望的な気分になった。あと一個でコンプリートだったのに……。

「何だ、泣いてんのかよ。根性ねえな」

気がつくと、確かに僕の目からは涙が零《こぼ》れていた。男が怖かったのではない。最後のスタンプを押すために、朝から頑張ったスタンプラリーが無駄になったのが悔しかったのだ。

「子供相手に何やってんだよ、おっさん」

腕を摑まれたままの僕の傍《かたわ》らで声が聞こえた。

そちらを振り向くと、先ほど停車した駅から乗ってきたのだろうか、さっきまでは車両の中にはいなかった若い男の人が立っていた。タトゥーというのだろうか、Tシャツの袖のところから、蛇の鱗のような模様をした刺青《いれずみ》が覗いている。短い髪は金色に脱色されていて、耳や鼻にはピアスがついていた。

「おい、やめとけよ」

連れが声を掛ける。こちらも若い男の人で、工事現場の職人さんが着ている、裾の膨らんだ作業ズボンを穿いていた。二人とも、街中《まちなか》で擦れ違ったら、怖くて僕なんか俯《うつむ》いてしまいそうな雰囲気をしていた。

先ほどまで威勢のよかった中年男は、この二人に声を掛けられると、途端に弱腰になって大人しくなった。いきり立つ刺青の男を、連れの職人風が冷静に宥《なだ》めている。謝れと言われ、中年男は貼りついたような卑屈な笑顔で僕に頭を下げた。

悪気はなかったんだ、ごめんごめん――。

嫌な気分が増しただけだったが、ひと先《ま》ず僕は頷き、助けてくれた二人のお兄さんにお礼を言った。次の駅で中年男は逃げるように車両から降りて行き、僕はお兄さんたちの横で、ぶら下がるように吊革に摑まり、間《ま》の悪い思いをしながらI駅に着いた。

電車から降りると、最後のスタンプを押すために、駅員さんを探した。スタンプ帳はなくしてしまったけれど、事情を話せば、シークレットスタンプだけ押させてくれるかもしれない。

「すみません。僕、スタンプラリーをやっていたんですけど……」

自動改札の隣にある窓口で、駅員さんに声を掛けた。話を聞くと駅員さんは察してくれて、僕を駅長室に案内してくれた。

「どうしたんだ、お前、こんなところに……」

駅長室から出て来た制服姿のお父さんは、僕の顔を見て、とても驚いたようだった。

「スタンプラリーやってたんだ。でも、途中でスタンプ帳をなくしちゃった」

そう僕が言うと、ソファを勧めてくる。

「お母さんは許してくれたのか」

僕は頷く。応接用のデスクの上には、最後のスタンプが置いてあった。

「スタンプラリーのことはね。でも、お父さんに会うためだって聞いたら、許してくれなかったかも」

「よくわかったな。最後がここの駅長室だって」

「学童で一緒の友達から聞いて、シークレットスタンプの場所は知っていたんだ」

「そうか……」

本当は頑張って集めたスタンプを見せたかったんだけど、仕方がない。

「僕もお母さんも元気でやってる。それを伝えに来たんだ」

お父さんはもう、違う女の人と暮らしている。お父さんに会いたいと素直にお願いしても、きっとお母さんは気分良く送り出してはくれないだろうから、僕はこの方法を取った。

時間がなかったから、ほんの少しの間だけ、僕はお父さんと話をして、それから別れた。

家に帰る約束の時間は七時だったが、とても間に合いそうになかった。きっと心配しているに違いない。

最寄りの駅につくと、もう午後八時近かった。改札の外で、パート帰りのお母さんが自転車を止めて待っているのが見えた。ホームからの階段を下りてくる僕の姿を認めると、早く早くといった感じで手招きしてくる。フリーパス券を自動改札に潜《くぐ》らせ、僕は外に出た。

「遅いから心配しちゃった。大丈夫だった？」

「うん。全然大丈夫」

「楽しかった？」

「楽しかったよ」

そう言って僕は笑ってみせた。

数日後、誰かが拾って届けてくれたのか、名前の書いてあった僕のスタンプ帳が、家に送られてきた。

最後のシークレットスタンプもちゃんと押されていた。誰が押してくれたのかは、もちろん僕にはわかっている。

葉桜のタイムカプセル

岡崎琢磨

初出『もっとすごい！　10分間ミステリー』（宝島社文庫）

桜の花びらが、夜風に揺れていた。

小学校の校舎に備えつけられた大時計が九時ちょうどを指すと、千里《ちさと》はシャベルを杖《つえ》代わりにして立ち上がり、たったいままで幹に背をあずけて座っていた自分の、お尻があったあたりの土を掘り返し始めた。

かつての親友――若葉《わかば》と二人で作った、タイムカプセルを掘り出すためだ。

昨晩まで降り続いた春雨が落とした花びらに覆われた、土は湿っていて柔らかかった。サク、サクと音がして穴が深くなっていくたび、一歩ずつ後ろ向きに歩むように、昔の記憶がよみがえる。十年後の親友に宛てた私からのプレゼントを、彼女が使う日は来なかった。そんな思いが、はたちを迎えた千里の心にも見えないシャベルを突き立てる。

十年前に十歳の少女が独りで埋めたタイムカプセルは、程なく地中から顔を出した。二人の友情の証だった《夢缶《ゆめかん》》の、カラフルだった表面はいまやすっかり錆《さ》びて赤茶けている。千里はシャベルを桜の木に立てかけ、缶を取り上げてこびりついた土を払うと、幾重にも巻かれた粘着テープをはがして蓋《ふた》を開けた。

中に入っていたふたつの包みを見たとき、千里は違和感を覚えた。

順番に包みを開いていく。ひとつはフリーハンドで描かれた、近くの河原を示しているとおぼしき《宝の地図》。そしてもうひとつは、ビニールでぐるぐる巻きにされた安物のおもちゃだった。

千里は愕然《がくぜん》とする。どうしてこのおもちゃがここに……いや、それよりも。私が入れたはずのプレゼントは、いったいどこへ行ったのか？

──タイムカプセルを作りましょう。十年後、はたちになるわたしたちに、プレゼントを贈り合うの。


間もなく遠い街へ引っ越してしまうという若葉が突然、そんなことを言い出したとき、千里は即座にいいね、と賛成した。

夢缶は二人で力を合わせて手に入れたものだ。《夢チョコ》というくじ付きの駄菓子があって、当たりだとパッケージの内側に、金のハートか銀のハートが印刷されている。金のハートなら一枚で、銀のハートは五枚集めると、《夢がいっぱい詰まった夢缶》なる景品と交換してもらえるのだ。

その中身が気になるという話から、千里たちは夢缶を手に入れるために二人で協力することになった。親の買い物についていく機会があると千里は決まって夢チョコをねだったが、買えども買えども銀のハートさえめったに出ず、金のハートに至ってはついぞ目にすることがなかった。家が裕福で千里の倍は夢チョコを買ってもらえたらしい若葉も、金のハートが当たることはなかったという。結局、二人で銀のハートを五枚集めるまでに一年以上かかった。最後の一枚を当てたとの報告を若葉から受けたとき、千里はまるで戦《いくさ》を終えたとでもいうような安堵《あんど》を覚えたものだった。

そんな、ほとんど意地を張るようにして手に入れた夢缶だが、中身はとても《夢》とは呼べないようながらくたばかりであった。たとえば《ドキドキ相性チェッカー》。ふたつの電極を備えた小型の電子機器で、二人一組でそれぞれの電極に親指を置いてボタンを押すと、そのペアの相性の良さを数値で表してくれるという代物だ。千里たちは喜び勇んで計測したが、《30％》という無残な結果に終わった。もっとも、全然あてにならないじゃん、と腹を立てるのもまた楽しくはあったのだが。

要するに、中身なんて何だってよかった。二人で力を合わせて手に入れたという事実がうれしかったのだ。

その夢缶を、タイムカプセルにするのだと若葉は言う。

引っ越しを翌日に控えた若葉の部屋で、二人は夢缶をひっくり返して中身を出すと、用意したプレゼントをそこへ入れて蓋をした。粘着テープで封をしてしまうとあとは埋めるだけとなったが、あいにくその日は予報外れの雨で埋めに行けず、時間を持て余した二人は、若葉の提案により収納が空になった彼女の家でかくれんぼをして遊んだ。

帰り際、千里は若葉にタイムカプセルと、夢缶の中身を託された。引っ越しの荷物をなるべく減らしたいのだそうだ。

――十年後の今日、誰にも見つからないように夜の九時から掘ることにしましょう。

そんな約束を交わしてさよならした数日後、千里は独りで小学校へ行き、タイムカプセルを埋めた。ただ、校庭の外縁に並び立つ桜のうちもっとも南にある木の根元に植えるという取り決めは、土が硬すぎて果たせなかった。やむなく千里は反対の、北端の桜の下に埋めたが、若葉にはそれを伝えずじまいであった。


若葉の訃報が千里のもとに届いたのは、それから二年後のことだった。

知らなかったのだ。重い病気の治療のために、遠い街へ引っ越しただなんて。

葬儀には行った。棺に眠る若葉の顔は、闘病を終えた直後であるにもかかわらず、千里が最後に会ったときと何も変わっていないように見えた。死に化粧のおかげかな、とぼんやり思いながら千里は、あまりにも呆気《あっけ》ない別れを前に涙さえ流せなかった。


片方の包みに入っていたおもちゃというのは、あのドキドキ相性チェッカーだった。

千里は考える。夢缶の中身を全部持ち帰ったというのは、ひょっとしたら記憶違いかもしれない。何しろいくつものがらくたを持たされたのだ、ひとつやふたつ足りないものがあったって気づかなかっただろうし、その後どうしたかも覚えがないから、若葉があれをタイムカプセルに入れた可能性は充分にある。

だけど若葉は肝心の、タイムカプセルを埋めた正確な場所を知らない。自分に黙って掘り起こし、中身を抜くことはほぼ不可能だった。ならば、私の入れたプレゼントはどこへ消えたのだろう。

宝の地図が示す河原へおもむくと、千里は何をすべきかすぐにわかった。

二人でよく木陰に身を寄せた一本桜が、いまでも悠然と枝を広げていたからだ。三方をベンチで囲まれた桜の裏の、唯一土がむき出しになったところを、千里は再び掘り起こしていく。やがてシャベルの先が探り当てたものを見たとき、彼女は若葉が何をしたのか、ある程度の見当がついた。

土の下から出てきたのは、もうひとつの夢缶だったのだ。

若葉の家は裕福で、しかも若葉は病気を抱えていた。駄菓子を欲しがるくらいのわがままを許された若葉が、もっと早くに金のハートを当てていたっておかしくはない。その事実を千里に伏《ふ》せたのは、あくまでも二人で夢缶を手に入れたかったからではなかろうか。

タイムカプセルを作った日、かくれんぼをしようと言ったのは若葉だ。千里が隠れている間に彼女は、タイムカプセルを自身の持つ夢缶とすり替えることができた。相性チェッカーを入れておいたのは、宝の地図だけではプレゼントが入っていないことに千里が気づいてしまうかもしれない、との懸念を抱いたからだと考えられる。カムフラージュになるものなら、何でもよかったということだ。

千里はふたつめのタイムカプセルを開けた。中にはやはり包みがふたつ。そのうちのひとつは、若葉からの直筆の手紙だった。

〈ごめんね、ちぃちゃん。でも、わたしは十年後も生きていられるかわからないから、ちぃちゃんがどんなプレゼントをわたしにくれたのか、どうしてもいま知りたかったの。こっちの缶は、お父さんに埋めといてもらうつもりだよ。

すてきな口紅、ありがとう。今度ちぃちゃんに会うときは、きっとこれをつけるね。

若葉〉

十年後、はたちになる若葉へのプレゼントに、おもちゃなどは適さない。悩んだあげく、千里は口紅を贈ることにしたのだ。

病気のことを知らなかったとはいえ、大人にならないと使えないものを贈った自分のことを、天国の若葉はどう感じているだろう。これまでにもそんな思いが時折、千里の心を重くしてきた。だけど、それはどうやら間違っていたようだ。

今度会うときはこの口紅をつける。その一文でピンときた。千里が若葉に《会った》のは、あれからたったの一度しかない。

若くして亡くなった若葉の顔に施された、死に化粧を思い出す。彼女は自分のプレゼントを、ちゃんと使ってくれていたのだ。そんなの、悲しすぎるけど。

千里は最後の包みを開ける。入っていたのは、若葉色のハンカチだった。若葉はそのプレゼントによって、忘れないで、とでも伝えたかったのだろう。


一本桜に背中をあずけて座っていると、夜風が吹いて残りわずかの花びらを散らす。そのさまを眺めながらふと、千里は思う。

そっか。若葉は十歳にして、すでに自らの死を受け入れていたんだ。

でなければこんな行動、取り得たはずもない。私との約束を果たせないと悟っていたからこそ、彼女は十年もフライングして、生きている間にタイムカプセルを開けたのだ。

あの頃の彼女の倍は生きた自分だけど、死を受け入れるという境地になんかとうてい至れそうもない。もし、若葉がいまでも生きていたら、それこそタイムカプセルを掘り出すように、当時の心境を根掘り葉掘り訊《たず》ねてみたいくらい——。

若葉がいまでも生きていたら？

束《つか》の間、千里は呼吸を忘れた。とんでもない想像が、脳裏をよぎったからだ。

たとえば若葉が生きていて、校庭に埋めたタイムカプセルを一緒に掘り出していたとしたら。若葉は率先して缶を開け、千里に相性チェッカーの入った包みを渡す。そして千里がそれに気を取られているうちに、自身は宝の地図の入った包みを隠し、代わりに千里が入れた口紅を、あたかもタイムカプセルから出てきたかのように取り出す。二人は相性チェッカーを見て、そんなこともあったと笑い合い……いまでも動くようならば、きっとまた相性を診断してみるのだろう。今度こそ、高い数値となることを期待して。

つまりそのときには、ふたつめのタイムカプセルなんて必要なくなる。

こんなの勝手な想像に過ぎない。だけど、十年後はこの世にいないものと若葉が確信していたのなら、どうして自分では開けることのできないタイムカプセルを作ろうなどと言い出したのか。むしろ、千里と約束することで若葉が、あと十年生きなくてはならないと自らに言い聞かせたのだとは考えられないか。少なくとも、生きている場合とそうでない場合の双方を想定していなければ、誰がこんな手の込んだことをしようと思うだろうか。

千里は十年後の若葉に、大人にならないと使えないものを贈った。それを使える日が、当然来るものと信じ込んで。

同じように、若葉は十年後の千里に、二人でないと使えないものを贈った。それを使える日が来るようにと、心の底から願いながら。

　自らの死を、受け入れていたわけじゃない。たった十年生きただけの女の子が、これからの十年も生きたいと思わないわけがないのだ。

　桜の花びらがまたひとつ散り、千里の濡れた頰にぺたりと貼りつく。親友がくれたハンカチを瞼《まぶた》に押し当てたまま、千里は花びらが残らず落ちてしまうのではないかと思えるほどに長い間、そこを動くことができずにいた。

スノーブラザー　大泉貴

初出『5分で読める！　ひと駅ストーリー　冬の記憶　西口編』（宝島社文庫）

私はもうかれこれ七十年ほど雪だるまを務めている。

ほかの雪だるまがどうだか知らないが、おそらく雪だるまとしては相当長生きな部類だろう。といってもほかの雪だるまとなにか違うわけではない。そこらの雪だるまのように、地面に降り積もった雪から作られた、たかだか重さ六百グラムの雪の結晶の塊である。

と、自己紹介もここまで。もとより雪だるまの来歴など語ったところでなにも面白いことなどない。おおむね物語とは人間のためのものであり、人間しか持ち得ないものである。だからここは、私ではなく、人間である私の姉について語るべきだろう。

私が姉と出会ったのは、私が『生まれた』日のことだった。

あとから聞いた話によると、ちょうどその日は記録的な豪雪に見舞われ、街は大騒ぎになっていたらしい。だが大人の騒ぎも、子供には関係のない話である。そして私もそんな遊び盛りの子供の気まぐれによって作られたのだった。

私が生まれたとき、初めて目にしたのはどんぐり眼《まなこ》でこちらを見つめる子供の顔だった。りんごみたいに紅潮したほっぺたを緩《ゆる》ませ、いつまでもニタニタと笑いを浮かべていたのがいまでも印象に残っている。

高さが十センチにも満たないミニサイズの私からすれば、子供は巨人であり、支配者であり、神だった。

創造主たる子供は固めたばかりの私のカラダから手袋を離すと嬉しそうに宣言した。

「きょうからおまえは、あたしの弟だ！」

以来、子供は私の姉になった。私に拒否権などあるはずもない。

生みの親でもあるので、母のほうが意味としては合っているのだろうが、作った本人が姉と言うのだから姉なのだろう。なぜ姉が姉なのか、私がそれを知るのはずっとあとになってからのことだった。

姉は雪だるまデビューして間もない私に、弟としてのありとあらゆる作法を叩き込んだ。もちろん雪だるまなので弟としての振る舞いなどできるはずもない。姉は一人っ子だったので、きっとなんでも言うことを聞く弟が欲しかったのだろう。

生まれたばかりの弟にできたことは、せいぜい姉が当時お気に入りにしていたリカちゃん人形の相手になってやるくらいものだった。

どれくらいの時間が経《た》ったのか、体内時計など持たぬ雪だるまにはわからないが、ほどなくして姉は人形を持ち、そのままどこかへ立ち去ってしまった。

べつにさみしいとは思わない。雪だるまとはそういうものだ。一方的に作られ、一方的に打ち捨てられる儚《はかな》い命。日射《ひざ》しの当たる場所にいればすぐに溶け落ちるし、日陰にいてもおそらく三日かそこらが限度だろう。もっと悪い時は雪合戦か、はたまたストレス解消のはけ口となって破壊されることだって有り得る。このときの私は淡々と自分の最後を待つだけの身だった。

どれくらいの時間が経ったのか、ほどなくして姉は戻ってきた。

なぜかプラスチックのケースを持って。

「よしよし、おまたせしましたねー」

姉はそう言いながら、丁寧に私のカラダをすくい取ると、形が崩れないように、そっと、私のカラダをプラスチックのケースにしまいこんだ。

「これでかんぺき！」

姉は嬉しそうにはにかみながら、プラスチックのケースを摑み、立ち上がる。私はケースのなかで揺れながら、事態の推移を待った。しばらくして私の入ったケースが急にひんやりとした温度に包みこまれた。外とは比べ物にならないほど心地よい冷たさだった。それこそ私のカラダを保護するには十分なほどの。

あとから、私は自分が冷凍庫のなかに入れられたことを知った。

おかげで生きながらえる方法を得た私はそれから幾度となく姉に外へ連れ回された。

姉は雪だるまの弟をたいそう可愛がっていた。雪だるまをわざわざ弟にせずとも、もっと丈夫な弟はいくらでもいそうなものだが、私の知る限り、姉は弟の役目をほかの誰かに与えようとはしなかった。

それがただの子供の気まぐれなのかはわからない。ただ私には一つ、ひどく印象に残っている出来事がある。

　私を外に連れ出した姉が公園へとやってきたときのことだ。姉は私をベンチの上に置き、いつものように人形遊びを始めようとした。姉は私にふれるとき、いつも素手《すで》でベタベタと触り続けた。おかげで私のカラダは姉の体温で溶け始め、ぼろぼろと崩れた。当たり前である。

　そして、とうとう私の頭の雪玉がべちゃりと崩れてしまった。痛い、という感覚はもとより雪だるまにはない。だから心配など必要ないのだが、姉はそう受け取らなかったようだった。

　姉は必死にまわりの雪をかき集め、私のカラダを元通りにしようとした。涙をぽろぽろと流し、ギュッギュッと新しい雪で私のカラダを固めていく。

「しんじゃやだぁ……しんじゃやだぁ……」

　おかしなことを言うものだ。

　私のカラダがいくら崩れようが、また新しい雪を集めて作り直せばいいだけなのに。

しかし私の考えなど問題ではない。姉がどう捉《とら》えるか、それが問題なのだ。

　以来、姉はあまり私にベタベタ触れることはなくなった。いつも取り出すときは丁《てい》寧《ねい》に手袋をして、私を溶かさないように気をつけた。

　なぜ雪だるまにそこまで？　という疑問はそれほど湧かなかった。ただ姉はずいぶんうっかり屋で泣き虫なのだと、ぼんやりした頭で思った。

私は冷凍庫にいる時間が増えた。姉も人形遊びをすることがなくなり、外での生活に忙しくなっていたようだ。それでも姉はときどき冷凍庫から私を持ち出しては最近あった出来事を語りかけ続けた。

となりの組のハナコちゃんとケンカしたこと。リカちゃん人形で一緒に遊んで仲直りしたこと。デパートに連れて行ってもらい、ランドセルを選んだこと。みんなとトモダチになれるか不安なこと。すぐに隣の席の子と仲良くなれたこと。学校の授業は算数がニガテなこと。学校の先生がもうすぐ結婚すること。

だがその語りかけの頻度《ひんど》も、いつの頃からか少なくなっていた。

やがてプラスチックのケースが開かれることはなくなり、誰にも顧《かえり》みられることなく、ひっそりと冷凍庫の中にしまわれることになった。

雪だるまと違い、人の心は時とともに移ろう。

寂しいとは思わなかった。もう私は弟としての役目を終えたことを受け入れていた。この頃については本当に語るべきことはない。人間でいう眠りのような状態だったのかもしれない。

私がふたたび目覚めた時、見知らぬ女の子と男の子がこちらを覗き込んでいた。誰かさんに似た、ぐりぐりとしたどんぐり眼。

「ねーねー、ばーばー。これ、なーに？　なーに？」

二人はやかましい声をあげてはやし立てる。すると「あらあら」と懐かしい声が聞こえた。姉の実母だった。

「懐かしいわねぇ、まだしまっていたのかしら」

「どうしたの、母さん？　あ、あんたたち。またなにを出してるの！」

どたどたと近づく足音。ぐいっとつり上がった目が私を覗き込む。

すると相手の目がうろたえたように柔らかくなった。

「これ……。まだとってあったの？」

「あら、『とってあった』はひどいじゃないの。大切な弟なんでしょ？」

「おとうとー？」「ままー、おとうといたのー？」

二人が矢継ぎ早に尋ねる。

女性は困ったように眉をひそめ、じっと私を見つめていた。

それからしばらくして、ニタアと頬を緩ませる。いつになっても、この顔だけは変わらない。

「そうよ。これがあたしの弟。あんたたちのおじさんよ」

それからほどなくして、私は姉の家に引き取られた。

姉の子供たちの遊び相手となった私はさまざまなデコレーションを施され、雪の日になると新しい雪の結晶で補強されたりした。

もうひとつ変わったことといえば、毎年私の誕生日が祝われるようになったことだ。新しく年を重ねるたび、私には新しい帽子が被せられた。おかげで私は自分の年を知ることができた。

姉の弟で、子供たちの叔父。ちなみに姉の旦那からも義弟として扱われた。

時はあっというまに過ぎてゆく。

そのあいだも私はずっと姉のそばにいた。嬉しいときも、悲しいときも、困難なときも、いつだって、いつだって。

私がちょうど七十歳になった年のこと。姉が病院へ入院することになった。しばらく姉に会えない日が続いたが、あるとき姉の子供たちの手により、私は姉がいる病室まで連れてこられた。

「あらあら。まぁまぁ」私の姿を見た姉は感嘆の声をあげた。「よかった……よく来てくれたわ……」

姉の髪は白く、手はシワだらけになっていた。肌は血の気が引け、シワくちゃの手が私のカラダに触れる。指先の体温がゆっくり私のカラダを融かした。

しばらくして姉は子供たちに「あのね」と呟いた。

「お願いがあるの」

その日の夜、私は姉がいる病室の窓枠に置かれた。私はずっとベッドのほうを向きながら、眠っている姉を見つめた。姉はすやすやと安心した表情で眠り続けている。眠る姉を見つめながら、私はカラダの中にある『それ』に意識を向けた。

私のカラダのなかにずっと埋められた麻袋。そのなかには赤ん坊のへその緒が入れられている。それは生まれてすぐに死んだ、姉の血を分けた弟のへその緒。七十年間、私の一部だった、へその緒だ。

いったいなぜ姉がそんなことをしたのか。きっと姉本人にもわからないだろう。誰かの気まぐれで作られるのが、雪だるまという存在なのだから。

「ねえ」

私はそこで気づいた。ベッドの姉が目を覚ましていた。姉の目が窓枠の私を見つめる。そしてゆっくり唇を開いた。

「いままで、ありがとう」

雪だるまに語るべき物語はない。おおむね物語とは人間のためのものだからだ。そして一介《いっかい》の雪だるまが語る物語にもそろそろ終わりが近づいて来た。

雪だるまとして語れることはもうない。だから最後に『人間の姉』を持った弟として言わせてもらおう。

こちらこそ、ありがとう。姉さん。

父のスピーチ　喜多喜久

初出『「このミステリーがすごい！」大賞10周年記念　10分間ミステリー』（宝島社文庫）

「……お父さん。お父さんってば！」

――誰かが私の体を揺すっている。

いけない。いつの間にかうとうとしていたようだ。眠気をなんとか抑えつけ、私はゆっくり顔を上げた。目の前に、心配そうに私の顔を覗《のぞ》き込む娘の姿があった。

「……どうした？　まだ式までは時間があるだろ」

「なんだか心配になっちゃって」と、娘は眉を顰《ひそ》める。晴れの舞台だからだろう、普段よりかなり化粧が濃い。ドレスはレンタルだが、時間を掛けて選んだだけあって、とてもよく似合っている。

「大丈夫なの？　朝からやけにフラフラしてるけど」

「……ああ。ただの寝不足だよ。心配しなくていい」と、私は苦笑してみせた。「昨日の夜はほとんど眠れなかったんだ。なんとか寝ようとしたんだが、スピーチのことばかりが頭に浮かんでくるんだよ」

「なーんだ。心配して損した」

娘が、子供の頃を偲《しの》ばせるあどけない笑顔を浮かべた。

「そんなに緊張することないよ。リラックス、リラックス」

彼女は私の後ろに回って、両肩をぽんぽんと叩《たた》いてくれた。

「うん。ありがとう」

私は娘の手に触れてから、ポケットの中の便箋を取り出した。薄っぺらなその紙には、今日、結婚式で私がやるスピーチの内容がつらつらと書かれている。数日前から暗記しようと頑張っているが、覚えた端からぽろぽろとこぼれ落ちていってしまう。緊張のせいで、全く原稿に集中できない。

そもそも、私は人前で話をするのがものすごく苦手だ。高校生の時分、全校生徒の前で読書感想文を読まされたことがあったが、あの時も一週間ほどひどい不眠症に悩まされたものだ。

しかし、いくら苦手でもやらねばならない。少しでも内容を頭に入れておこうと、何重にも折り目が入った便箋を睨《にら》みつける。あと二年で五十歳。気持ちはまだ若いつもりでいるが、そろそろ老眼鏡のお世話にならねばならないようだ。

スピーチ原稿を眺めているうちに、大学の研究室にいた頃、セミナーの準備で四苦八苦した記憶が自然と蘇《よみがえ》ってきた。

セミナーといっても、大したものではない。研究室のメンバーの前で、その月の自分の研究成果を報告するだけだ。それだけのことで、私は自分でも嫌になるほど緊張した。

不安を打ち消すため、研究室で助手をしていた妻に頼んで、セミナーの発表練習に毎月付き合ってもらっていた。アドバイスが欲しい、という気持ちが二割。少しでも彼女と一緒にいたい、という気持ちが八割。私は、妻に片思いをしていた。

考えてみれば、私が妻にプロポーズしたのも、二人きりの発表練習の場でのことだった。あれは寒い時期で、その当時、私は大学四年生だった。

暖房が効いた会議室で、長時間ディスカッションをしていたせいで、私の思考力はかなり低下していた。のぼせた頭で妻を見つめているうちに、これはもしかすると、千載一遇の好機なのでは、という自分勝手な閃《ひらめ》きが舞い降りた。

「――あの！」

発作的に立ち上がった私を見て、「はい？」と、妻は首をかしげた。その仕草は、素晴らしく可愛《かわい》かった。私はただ本能の赴くままに、「ぼっ、僕と結婚してくださいっ！」と叫んでいた。

唐突すぎる求婚。妻は目を大きく見開いたまま、完全に動きを止めてしまっていた。

そこでようやく、私は自分がとんでもない失策をやらかしたことに気づいた。

プロポーズの台詞《せりふ》はともかく、順番が大問題だった。私は別に彼女と交際していたわけでもないし、そもそも好きだという気持ちすら伝えていなかった。通常のプロセスをすっ飛ばした、極めて非常識なプロポーズだったのである。

――やっちまった……。

自らの勇み足っぷりに絶望しかけた私だったが、次の瞬間、予想もしていない答えが返ってきた。

「――お受けします」

「へえ?」と、私は間抜けな声を出した。「ほ、本当ですか?」

「ええ。本当です」

妻は恥ずかしそうに微笑《ほほえ》んでいた。信じられなかった。彼女は私のプロポーズを受け入れてくれたのである。

「ただ、籍を入れるのはもう少し待っていただけませんか」

私は奇跡的な展開に戸惑いつつ、「その、もう少しというのは、どのくらい少しでしょうか?」と慌てて訊《き》いた。

「いまやっている実験が終わって、論文が出るまで、ですね」と妻は明言した。

論文というのは、化学の専門誌に載る学術論文のことである。

当時、彼女は論文執筆に必要なデータを集めるために、昼も夜もなく実験に没頭していた。私はそんな彼女のひたむきさを尊敬し、また魅力を感じもした。だから、それが終わるまで待って欲しいという気持ちは理解できた。重要な研究に取り組んでいるから、うつつを抜かすようなことはできない――妻はそう考えて、あんなことを言ったのだろうと勝手に納得していた。

私が妻の言葉に秘められた真意を知ったのは、彼女の実家に挨拶に行った時のことだった。

彼女の父親、私にとっての義理の父は、極めて純粋な有機化学者だった。出世や派閥争いに興味がなく、教授になってからもずっと実験を続けていたそうだ。

そんな彼は、化学者として、一つの目標を持っていた。それは、自分の名を冠した化学反応を開発することだった。

鈴木カップリング、根岸カップリング、玉尾《たまお》酸化、薗頭《そのがしら》反応、光延《みつのぶ》反応……これらは全て、日本人の名前がついた化学反応である。有機化学で使われる反応には、その反応を開発した研究者の名前が付いているものが多い。

妻の父は、どんなマイナーな反応でも構わないから、何としても後世に名を残したいと願っていた。自分の生きた足跡を歴史に刻みつけたいと希求していた。

しかし、努力の甲斐《かい》なく定年を迎え、願いを叶える前にアカデミックの世界を去ることになってしまった。

退官の日の朝、すでに研究の道に入っていた私の妻は、父親に言った。私が反応を開発すれば、お父さんと同じ名字の人名反応ができあがります、と。

妻の父は、その話を本当に嬉《うれ》しそうに語ってくれた。

それから数年。懸命な努力と圧倒的な化学センス、そして一握りの幸運が後押しをしてくれたおかげで、妻はある画期的な反応を見出しかけていた。

そんな大事な時期に、私はうっかりプロポーズをしてしまった。結婚で苗字が変われば、反応に使われる名前も変わってしまう。論文に旧姓を併記することもできるが、それでは名前としての純度が低下してしまう。だから彼女は、「論文を出すまでは結婚しない」と言ったのだ。妻もまた、純粋な化学者だった、というわけだ。

何も考えずにプロポーズをしたものの、私は学生だったし、結婚を急ぐ必要はなかった。私は妻の論文が専門誌に掲載されるのを待って、改めてプロポーズをし直した。

「僕と、結婚してくださいますか」

「はい。ずいぶんお待たせしました」と、妻は照れくさそうに笑っていた。ほとんど化粧をしていない彼女の素顔を、私は他のどんな女性より美しいと思った。


娘が、私の肩を揉《も》みながら呟《つぶや》いた。

「それにしても、お父さんがいきなり大学に入るとか言い出したときはビックリしたよ。なんて言うの？　届かなかった夢を摑《つか》み直す、みたいな？」

「ま、そんなところかな」

私は若い頃から働き詰めの生活を送ってきた。給料の大半を資産運用に回したおかげで、バブル期にはかなり儲《もう》けさせてもらった。貯金が、もう働かなくてもやっていける、という額に達したところで、私は思い切って会社を辞めた。寂しい思いをさせた分を取り返すように、私は娘との時間を大切にするようになった。

そんなある日、娘に化学を教えていた私は、自分がちっとも化学の原理を理解していないことに気づいた。教科書を読んでも、説明不足でよく分からない。

それならいっそ、大学で基礎から学び直そう、と私は考えた。そして、四十を過ぎてからの猛勉強の末、私は遅れてきた新入生となった——。

懲りずに原稿に目を通していたが、余計なことばかり思い出されてしまい、ちっとも覚えられない。もういい。私は便箋を丸めて、くずかごに放り込んだ。どうせ新郎のスピーチなど、添え物のようなつまらない儀式に過ぎないのだ。

緊張するのは仕方ない。きっと失敗もするだろう。それでも、スピーチをする私の隣には妻がいてくれる。

それに、式には私の娘も同席してくれる。物心が付く前に母親を亡くしているとはいえ、きっと少なくない葛藤《かっとう》があったはずだ。それをおくびにも出さず、再婚する私を笑顔で送り出してくれる娘を、私は誇らしく思う。

私は胸に手を当て、背筋をぐっと伸ばした。

優しい娘と年下の妻に恥をかかせないように、せめて胸を張ることにしよう。

月の瞳　紫藤ケイ

初出『5分で読める！　ひと駅ストーリー　猫の物語』（宝島社文庫）

部屋に入ると、猫がいた。

予想だにしない珍客の来訪に、リラは目を丸くした。

豪奢《ごうしゃ》な装飾をふんだんに凝《こ》らされた家具が並ぶ、見慣れた自室。その中央にあるテーブルの上で、宵闇色《よいやみいろ》の毛並みを持つ猫が背を丸め、無造作に置かれた焼き菓子を、はぐはぐと喰らっていた。

見れば、窓が開いている。そういえば、部屋を出る前、換気のために開けたままだった。仮にも一国の城、それも姫君の部屋がこうも無防備であるというのは、戦時であれば致命的なことだっただろう。

それだけ、少女の心は憂鬱だったのだ。新しい継母《ままはは》が自分をよく思っていないということが、痛いくらいにわかってしまっていた。だから、気まずさと息苦しさのために、涼やかな風を求めたのだったが――まさか、こんな来訪者があろうとは。

「おまえ、よく来られたわね」リラは目をぱちくりとさせた。「三階よ、ここ」

猫は、顔を上げ、じろりとこちらを見つめた。造作もないことだ、とでも言いたげだった。月を思わせる金色の瞳が、若き姫君を幽玄なる神秘の色合いで映していた。

それから、猫はたびたび部屋を訪れた。

ここにはおいしいものがある――と認識したのだろう。ふらりと現れては、かりかりと木窓を爪で引っかいた。慌てて木窓を開けてやると、感謝の一瞥《いちべつ》もなくするりと部屋に入り、「で、菓子は？」という視線を向けてくるものだから、リラはあきれた。

　リラは猫にさわりたがったが、そっと手を伸ばすと、決まってするりとかわされた。じとりと睨《にら》まれ落胆していると、少しの間《ま》を置いて、不意に猫が膝に飛び乗ってきた。おそるおそる触れてみたが、抵抗はなかった。宵闇の毛並みを優しく撫でると、心地よさそうに目を細め、ごろごろと喉を鳴らしさえした。触られるのが嫌なのではなく、触ってよい時とそうでない時があるようだった。

「姫であるわたしよりも偉そうね、おまえ」リラは憮然として言ったが、しなやかな猫の背を存分に撫でる彼女の口元は、大いに緩《ゆる》んでいた。

　それからも、猫は幾度となく姫君の部屋を訪《おとな》った。リラは、猫をアルフォンスという名で呼んだ。最初は返事もなかったが、いつしか「にゃあ」と答えるようになった。

　初めてできた友の存在に、リラの心は慰められた。継母に嫌味を言われた日などは、アルフォンスを撫でることで癒された。アルフォンスも、そういう時ばかりはリラの心情を察し、撫でられるに任せた。

「宵闇の毛並みに、金色の瞳……」

　両手でアルフォンスを持ち上げて目線の高さを同じくしながら、リラは、そっと微笑んだ。

「おまえの瞳は、まるで夜空に浮かぶ月のようね」

だからどうした、とでも言うように、アルフォンスは退屈げにあくびをした。


しばらく、アルフォンスの来ない時期があった。

リラの心は不安でいっぱいになった――どこかでけがをしたのではないかとか、自分のことを嫌ってしまったのではないかとか、胸の焼けつくような想像が無数に脳裏をかすめ、落ち着く時がなかった。

やがて、アルフォンスはひょっこりと姿を見せた。

久方ぶりに窓を引っかく音がしたので、慌てて開けてやると、猫は何事もなかったような風情《ふぜい》で平然と部屋に入ってきた。

ほっとしたリラだったが、アルフォンスを持ち上げた時、驚きに目を見張った。

「おまえ、ずいぶん軽くなったわね」

見た目の変化はほとんどなかったが、猫の体重は以前の半分くらいなのではないかという気がした。「ひょっとして、食べ物にありつけなかったの？」

いいから菓子を持ってこい、とばかり、アルフォンスは気怠《けだる》げに鳴いた。

それからというもの、アルフォンスはたびたび、けがをして現れるようになった。

ある日、尻尾がひどく短くなっていた。半ばで断たれていたのだ――傷口は治っているようだったが、いつもこちらをからかうように飄々《ひょうひょう》と動いていた尻尾がこうも短くなってしまったさまには、痛々しい無残さを感じずにはいられなかった。

「どこかで切ってしまったの？」姫君はたいそう心配したが、猫はそっけなかった。

ある日、アルフォンスが鳴かなくなった。喉の調子が悪いようだった。

「風邪でも引いてしまったの？」姫君はたいそう心配したが、猫はそっけなかった。

ある日、猫が片目を閉じていた。もう開かなくなってしまったようだった。

「他の猫と、喧嘩でもしたの？」姫君はたいそう心配したが、猫はそっけなかった。

いくらなんでも、けがが多すぎる――この小さな来訪者のことは誰にも話していなかったが、さすがに医者に見せた方がいいのではないかと思えてきた。

だが、意を決して手を伸ばすと、アルフォンスはするりと逃げてしまうのだった。

「おまえのためなのよ、アルフォンス」

憤然と言って――リラは、窓際に逃げて振り向いた猫の姿にハッとなった。

片方だけの瞳で振り返るアルフォンス――その眼差《まなざ》しには、あまりにも強く凄烈な意志の光が、静謐《せいひつ》にきらめいていた。

宵闇を皓々《こうこう》と照らす、清《さや》けき月の光にも似て。

（――戦っている）

まるで、そう告げているようだった。

（――戦っている。ずっと）

そして、それだけではなかった。だから、と猫の瞳は言っていた。声の代わりに。

（おまえも戦え。襲いくるものと。戦い続けろ――）

アルフォンスの眼差しを受けて、リラは茫然《ぼうぜん》と立ち尽くした。

〝敵〟の出現にふさぎ込むしかない自分などより、よほど気高く凜然《りんぜん》たる猫の姿を目《ま》の当たりにして――強く心を撃ち据えられる思いだった。


ある夜――寝台に入って朧《おぼろ》な夢を見ていたリラは、ふと、頭の横に気配を感じた。

（アルフォンスなの……？）

夢うつつのまま、手を伸ばす――その指先から、猫はするりと逃れた。

リラは、ハッとなって飛び起きた。暗闇だけがあった。猫の姿はどこにもなかった。

（今のは――）なんだったのかと考えていると、城内が妙に騒がしいのに気づいた。

リラは手早く室内用の絹のローブをまとい、灯りを手にして部屋を出た。

城の廊下を歩いていく。奥の方に兵士が集まっているのが見えた。

「何事なの？」手近な兵士に声をかけると、相手は慌ててかしこまった。

「それが――」

「離せッ！」狂乱の叫びが、彼の言葉を遮《さえぎ》った。「離さぬかぁッ!!」

集まった兵士たちの奥で、継母が暴れているようだった。尋常なさまではなかった。目を血走らせ、髪を振り乱し、狂気じみた金切り声を上げ続けていた。

「ある兵が、夜の見回りをしていたところ、猫を見つけたのだそうです」兵士は、敬愛すべき王妃の変貌に戸惑いながらも、事の次第を告げた。「その後を追うと、隠し部屋があって……そして、そこで妃殿下が恐るべき儀式を……」

「儀式――？」

そこで、継母がこちらに気づいた。

彼女はぎょろりと目を剝《む》いて、爛々《らんらん》たる憎悪の光でこちらを射抜いた。立ちすくむリラに、憎悪に満ちた絶叫が浴びせかけられた。

「なぜ、死なぬのだ！」その叫びは、糾弾《きゅうだん》であり、怨嗟《えんさ》でありながら、どこか悲鳴じみてもいた。「おまえは――おまえは！　我が呪詛を受けて、なぜ死なぬ！　無事でいる！　なぜ内臓が焼けただれぬ！　身を損なわぬ！　喉が潰れぬ！　光を失わぬ！　なぜ、命を落とさぬのだ……！」

「…………！」

リラは、戦慄《せんりつ》した――継母が自分を憎むあまり呪いをかけていたことに。そして、その呪いは自分に功を奏《そう》してはいなかったが――すべて、心当たりがあったことに。

(アルフォンスが――引き受けて――)

彼女への呪いを。すべて。何も言わずに。――当たり前のように。

「大変なことです」兵士は沈痛な面持《おもも》ちで言った。「その儀式は、非常におぞましい類《たぐい》のもので……ネズミやカラス、それに猫の死体が使われていたとか」

リラの喉が、ひゅっと鳴った。「ね――猫、が……!?」

「ええ。はらわたをくりぬかれた、猫の死体です。黒い毛並みに金色の瞳の――」

全身が震えた。震えの原因は恐怖だった――何も気づかずにいたことへの恐怖。

『おまえ、ずいぶん軽くなったわね』――自分自身の言葉が、脳内で無数に反響した。

矢も楯もたまらず、リラは廊下を逆方向に駆け抜けた。兵士たちには、彼女が継母の怨嗟を受け、恐怖のあまり部屋に逃げ帰ったものと見えただろう。半分は正しかった。だが、彼女が恐怖したのは継母の存在になどではなく――

転びそうになりながらも、リラは部屋の扉を開いた。あの出会いの日のように。

猫は、いた。

窓際に座り、こちらに背を向けていた。そうして、皓々と照る月に臨んでいた。

その顔が――ひとつきりの瞳が、ふと振り向いて、告げた。

(戦っている)

ああ――リラの頬を炎が伝った。おまえが戦っていたのは。戦ってくれていたのは。

（おまえも戦え。襲いくるものと――戦い続けろ）

宵闇の毛並みを持つ猫の姿が、薄れていく。

それが最後の時なのだと、リラは直感した――何かを言わねばならなかった。だが、声が出なかった。胸が詰まりすぎて、何も言えなくなっていた。情けなさに、リラは嗚咽《おえつ》した――せっかく、彼が救ってくれた声なのに。

かまわない、とでも言うように、猫が月色の目を細めた。

失われた声の代わりに、薄く、ひそやかに微笑んで。

そして、消えた。

後には月。清《さや》かに夜を照らし出す、朧の光だけが残った。

その光こそ、猫の遺言そのものに違いなかった。

（おまえも戦え）

すべてを呑みこむ宵闇にあってさえ光を失わぬ、月の瞳であれ。

リラは泣いた。泣き崩れ――こぼれ落ちる涙に誓った。そうあることを。月の瞳を継ぐことを。

はらはらと流れゆくしずくを、静かに差し込む月光がきらめかせる。

夜に輝くひとつきりの瞳が、少女をそっと見守り続けているようだった――

世界からあなたの笑顔が消えた日　佐藤青南

初出『もっとすごい！　10分間ミステリー』（宝島社文庫）

病室の扉がノックされ、私は文庫本から顔を上げた。

「はい、どうぞ」

見知らぬ人物が入ってきて、胃が持ち上がる。恐怖が表情に出てしまったのに気づき、懸命に笑顔を作ってみせた。そうしながら、繰り返し自分にいい聞かせる。

この人は白衣を着ている。

だからこの人は、見知らぬ他人なんかではない。

この人は雅人《まさと》だ。私の、恋人だ——。

「具合はどうだい」

それはたしかに雅人の声だった。確信した瞬間に、安堵《あんど》が全身を包む。彼は丸椅子を引き寄せ、ベッドの傍らに腰かけた。両膝に手を置き、私の顔を覗《のぞ》き込む。微笑《ほほえ》んでいるのか、心配そうなのか。ついこの間までは通じ合っていたはずの恋人の顔に、どんな感情が浮かんでいるのかが、読み取れない。眉があり、目があり、鼻があり、唇がある。だが、それらが一つの像としてまとまらなかった。得体の知れない不安に、足もとから絡めとられる。

笑みを保つことを忘れた私は、知らず身を引いていた。

「どうやら……まだ僕の顔がわからないみたいだね」

「ごめんなさい」

「謝ることじゃないよ。前にも話したように、仁美《ひとみ》は相貌失認の状態にあるんだ。一時的なものであればいいのだけれど」

「治るの」

「医者として無責任な発言をすることはできない……すまない。ただ、よくなることを願っている」

大きくかぶりを振りながらいって、雅人はうつむいた。

私が自動車事故を起こしたのは、一か月前のことだった。夜道を走行中、目の前に飛び出してきた猫を避けようとしてハンドル操作を誤り、対向車線を走ってきたダンプカーと接触した。激しい衝撃とともに、世界が逆さまになったところまでは覚えている。めちゃめちゃに大破した車内からの救助活動は、三時間を要したという。あれほどの事故に遭って、数か所の骨折で済んだなんて奇跡だと、私を処置した担当医はいっていた。

しかし私は、奇跡を感謝する気持ちになんてなれない。なれっこない。

いっそあのとき、死んでいたらよかったのに。

意識を取り戻した私は、病院のベッドに寝かされていた。痛みに呻《うめ》き声を漏らすと、そばでうつらうつらと舟を漕いでいた人物が立ち上がり、病室を飛び出していった。

しばらくすると、数人の人影が部屋に入ってきた。白衣を着ているのが医者だというのは、わかった。しかし不思議なことに、それが男性なのか女性なのか、「意識が戻ったようだね」という低い声を聞くまでわからなかった。

よかった、よかったと、私を取り囲む人影が口々にいう。手を取り合い、鼻をすすり、涙に声を詰まらせる。父、母、叔母、弟。周囲から家族の声が聞こえた。だが目の前には、私の知る顔は一つもなかった。私の家族の声を持つ、初対面の人々だった。慣れ親しんだ声と、目に映る人物の顔が一致しなかった。最初は夢を見ているのだと思い、次に私は狂ってしまったのだと思った。私は絶叫していた。

相貌失認――それが医者の下した診断だった。側頭葉や後頭葉にある、人の顔を認識する部位が損傷を受けたために、他人の表情の識別ができず、誰の顔かわからなくなり、個人の識別ができなくなる症状だという。だがそこまでだった。この状態がいつまで続くとも、どうすればよくなるとも、希望を抱けるような言葉はなかった。

外傷が治癒し始めたころ、私は声だけは慣れ親しんだ、しかし見知らぬ顔をした恋人の勧めるままに、彼の勤務する総合病院に転院したのだった。「彼女の力になってあげたい。僕なら、きっとなれる」と、彼は私の家族を説得したらしい。医師としての使命感、恋人としての義務感。いや、結局のところ、私に事故を起こさせてしまったという自責の念が、彼を突き動かしているに違いない。

事故は彼のマンションから帰宅する途中で起こった。喧嘩《けんか》になり、私が彼の部屋を飛び出した、二十分後の出来事だった。

「焦る必要はないから」

雅人の手が伸びてきて、全身が硬くなる。そっと包み込まれた温もりに心がほぐれても、顔を上げることができない。そこには私の知らない顔がある。

「もしも……もしも私がずっと、治らなかったら？　一生、このままだったら？」

涙が溢《あふ》れそうになって、ぎゅっと目をつぶった。触れようとするたびに警戒する相手を、何度会っても初対面のような顔をする相手を、いつまでも愛することができるだろうか。私なら無理だ。少しずつ気持ちが離れてゆく。そしてやがて気づく。自分の顔を識別してくれる女性ならば、こんなに辛《つら》い思いをすることはないのだと。

「僕は、かりに仁美がそのままでもかまわない」

「そう答えるしかないよね。私たちはまだ恋人同士だし、雅人は医者だもの」

こんなに意地の悪い私がいたなんて。事故は私を取り巻く世界を一変させた。だが、世界が変わったのではなく、私の黒く汚れた本性が顕《あら》わになっただけなのかもしれない。

「本心からそう思っているんだ。どんな仁美でも、僕は受け入れる」

「綺麗《きれい》ごとをいわないで」

「綺麗ごとじゃない。いきなりこんな状態になってしまって、落ち込むのはわかる。

でも、相貌失認というのは実はそれほど珍しい症例ではないんだ。生まれつき相手の顔を識別できない、先天性相貌失認を発症する確率は、二％ともいわれている」

「そんなに……」

百人のうち二人。驚きの数字だった。

雅人は頷《うなず》いてから続けた。

「そういう人たちでも、支障なく日常生活を送ることができている。顔を識別できなくとも、声や着衣、体格や振舞い……顔以外のさまざまな情報で代償しながらね。顔が識別できないだけで、その他の肉体的機能にはまったく問題ないから、もし仁美がそういう人と出会っても気づかなかっただろうけど。だから、仁美も訓練さえすれば――」

「でも、無理だよ。前と同じ関係には、けっして戻れない」

私は雅人の手を振り払い、両手で自分の顔を覆った。堪《こら》えてきたものが溢れ出す。ひと息にいってしまおう。そう思ったが、よみがえる記憶が喉を詰まらせた。

もしかして、どこかでお会いしましたか。

一年前、友人と待ち合わせした駅前で、彼はそういって声をかけてきたっけ。白々し過ぎるナンパの手口に、軽いやつだと思ったけれど、付き合ってみると意外なほど真面目で、誠実で、いつの間にか本気になった。その気持ちは今も変わらない。すごくすごく好きなんだよ。本当だよ。

でも、だからこそ……。私は強引に言葉を絞り出した。

「ありがとう、雅人……私のためにいろいろしてくれて、すごく……すごく感謝してる……でもやっぱり、私たち……」

私からいってあげるべきだ。彼を解放してあげなければ。私の見ている世界は、もはや彼と同じではないのだから。

「仁美……」

せめて最後は。私は涙を拭《ぬぐ》い、雅人に笑顔を向けた。だがそこにあるのは、やはり見覚えのない顔だった。悲しくて視界に靄《もや》がかかる。だけどこれぐらいがちょうどいい。辛すぎる現実ならば、むしろ見えないほうがましだ。

「だってほら……そもそも私たち、喧嘩ばかりしてたじゃない」

「そうだね。僕たちは些《さ》細《さい》なことで喧嘩ばかりしていた」

「そうよ」

「あの日も、仁美の髪型を褒めてあげなかった」

「うん……明るくした髪の色が、好きじゃないって」

それがこんな結果を招くなんて。

「お洒落した仁美を、あまり褒めてあげなかったね」

「あまり、じゃない。いつもよ。新しいバッグやネックレスや、ピアス、それにワンピース……いつも、前のほうがよかったっていわれた……私の選ぶものは、ことごとく否定された」

「それは……」

「あなたを喜ばそうと思って、一生懸命お洒落した。なのにいつも素っ気なかった」

「仁美は……そのままでじゅうぶん綺麗だと思ったから。それは前にもいったろう」

「ええ、そうね。だけど私の気持ちを考えてくれた？　私がどれほどみじめだったかわかる？　考えてみれば私たち、趣味も性格も合わなかったの」

そう思うことにしよう。どんな仁美でも受け入れるなんてお笑い種《ぐさ》だ。相貌失認が問題なのではない。事故なんかなくても、どのみち私たちは別れていた。きっとそう……。

「そうじゃない」

珍しく強い口調でいわれ、私は肩を跳ね上げた。

「そうじゃないんだ。仁美は誤解している」

昂《たかぶ》りを抑えつけるように、雅人は長い息を吐いた。そして白衣のポケットを探り、私の前に小さな箱を差し出した。深い藍色のベロア素材で覆われたジュエリーケースだった。

呆然《ぼうぜん》とする私に、彼はジュエリーケースを開いてみせた。

指輪だった。ピントのぼやけた視界の中で、いくつもの丸い光が瞬《またた》いている。

「すまなかった。ずっと傷つけてきたね……もしも僕のことを許してくれるのならば、これを受け取ってくれないか」

「どうして、こんなことを……」

「仁美がつねにこれを身に着けてさえいてくれれば、髪型を変えても、どんな服を着ていたとしても、僕は仁美を識別できる。仁美が新しいアクセサリーや服でお洒落するのを、怖がることもなくなる」

彼がなにをいっているのか理解できず、私は滲《にじ》んだ視界を細めた。

しかし次の瞬間、息が止まる感覚に襲われた。

もしかして、どこかでお会いしましたか。

まさか……そんなことが――。

手の中から文庫本が落ちた。

雅人の表情は今、どうなのだろう。わからない。けれどもそれは、相貌失認のせいではなかった。

私が彼に抱きついたからだった。

ピートの春　乾緑郎

初出『5分で読める！　ひと駅ストーリー　猫の物語』（宝島社文庫）

「さあ、ピート、到着したぜ」

乗り始めて今年で十年目になるジープ型の軽自動車を入渓点の狭いスペースに停めると、僕は助手席に向かって、そう声を掛けた。

三月上旬、毎年、この時期になると、N県下にあるD川の渓流は、鱒《ます》釣りの解禁日を迎える。

この沢は、僕とピートが毎年必ず、解禁間もない週末に訪れる穴場だった。

荷台のハッチを上げると、僕はそこに腰掛け、胴長靴《ウエーダー》を履いて準備を始めた。

その間、いつもピートは欠伸《あくび》をしながら傍《かたわ》らで丸まって待っている。

今年は暖冬で、沢に雪が残っている様子はなかった。

解禁日が近づくと、ピートはそれがわかるようで、そわそわとし始める。部屋で毛鉤《フライ》を巻く僕の足回りに、頻《しき》りに誘うように纏《まと》わり付いてくるのだ。

彼は僕以上に、毎年の解禁を楽しみにしているようだった。

だから僕は、その年に初めて釣れた岩魚《いわな》か山女《やまめ》を、必ずピートに献上することに決めていた。

ハインラインというアメリカのSF作家の『夏への扉』という有名な作品がある。コネチカットに厳しい冬が訪れても、主人公の飼っている猫は、家の中にある扉のどれかが、大好きな夏に通じていると信じて、表に出ようとする。そのエピソードが好きで、僕はその作品に出てくる猫と同じピートという名前を、我が家の猫にも付けた。

うちのピートも、秋が終わって禁漁期に入り、東京に雪がちらつく季節になっても、車に乗せてやると、その扉の向こう側が解禁を迎えた渓流へと繋がっていると思い込んでいるのか、頻りにドアを引っ掻き、何度も僕の方を見て、短く鳴き声を上げるのだ。今日はボウズは勘弁だぜ、と。

すっかり準備が整うと、僕は沢へと降りることにした。

滑りやすい入渓路を降りて行くのは、ピートの得意とするところだった。何から何まで、ピートは僕よりも優れていると思う。

沢に降りると、先行者はおらず、僕はただ一人で渓に立った。

流れに足を踏み入れると、上流からの雪解け水が混ざっているのか、ウェーダー越しにも冷たさが伝わってきて、ぶるっと身震いする。

ポケットからケースを取り出して開き、僕はその中から、今日、最初に糸の先に結ぶ毛鉤を選ぶ。

選んだのは、「ヘヤーズイヤーニンフ」という種類の毛鉤だった。

カゲロウの幼生《ニンフ》を模したもので、水中に沈めて使うタイプの毛鉤だ。

普通、朝一番は「ドライ」と呼ばれる水に浮くタイプの毛鉤から始めることが多い。

加えて、解禁直後はまだ水温も上がりきっておらず、魚の活性も十分ではないので、「ミッジ」という、ユスリカを模した極小サイズの毛鉤を使うのがセオリーだ。

サイズも大きすぎるし、ファーストチョイスで使うようなタイプの毛鉤でもなかったが、最初にこれを結ぶのは、家を出た時から決めていた。釣れなくても構わない。今日はこれ一本で一日通すつもりだった。

それは、僕とピートの思い出の毛鉤だからだ。

リールから蛍光色のフライラインを引っ張り出し、僕は静かに釣り竿《ロッド》を前後に振り始めた。

フライ・フィッシングは、他の釣りとは、だいぶ様子が違う。

文字通り毛ほどの軽さしかない毛鉤を遠くに送り出すために、ライン自体の重さを利用して飛ばす。例えるならば、細くて長いムチを振るうか、新体操のリボンの競技のような要領で、前後にラインを振りながら、狙ったところにシュートするのだ。

ピートを連れて、初めてこの沢にやってきた時――確か、今乗っている軽を新車で買った年だったから、もう十年も前になるのだ――、僕はまだ、フライ・フィッシングを始めたばかりで、まともにキャスティングもできず、釣りをしている時間よりも、絡まった糸を解《ほど》いている時間の方が長いくらいだった。

臑《すね》の辺りまで流れに浸かり、何とか一匹釣りたいと、キャストを繰り返している僕を、いつもピートは少し離れた大きな岩の上から見下ろしていた。

僕が上流へと移動すると、ピートは身軽に岩から岩へと飛び移り、僕が御馳走を川の中から引っ張り出すのを待っているのだ。

そういえば、一度だけ、この沢を登っている最中に、熊に出くわしたことがある。渓流釣りを十年もやっていると、必ず一度は出くわすものだと聞いてはいたが、この沢は舗装された山道の入渓点から、歩いて一時間もしない人里の近くで、僕はすっかり油断していた。

「メイフライ」とも呼ばれるカゲロウが、たくさん羽化《ハッチ》していた覚えがあるから、あれはたぶん、五月の連休前後の頃だったのだと思う。

最初に感じたのは、強い獣臭だった。

嫌な予感がした。

野生の熊は非常に体臭が強く、近くにいるとすぐにわかると、釣り雑誌に載っていた記事かエッセイで読んだことがあった。そして、臭いが感じられるほど接近してしまった場合、遭遇はかなり危険だとも聞いていた。

まさか自分が熊と出会うとは思っていなかったので、僕は何の対策もしていなかった。

熊にこちらの存在を知らせるための鈴や携帯ラジオの類《たぐい》もなく、万が一の時のための山刀や唐辛子《カプサイシン》スプレーも持っていなかった。

怖くなった僕は、釣りを中止して川から岸に上がり、来た道を引き返すことにした。

岸にはピートが待っていた。

ピートの様子がずっとおかしかったことに、僕は初めて気づいた。

いつもなら、日向《ひなた》の暖かい岩の上を選び、のんびりと欠伸をしながら、僕が魚を釣り上げるのを待っているピートが、今日は、早く上がって来いとでも言わんばかりに、ずっと岸から僕に向かって鳴き声を上げていた。

岸に上がった僕の、濡れたウェーダーの足元で、ピートは低く唸《うな》っている。尾っぽがぴんと上に立ち、心なしか毛も逆立っているように見えた。

ピートを連れて沢を下ろうとした僕は、下流から近づいてくるものを見てぎょっとした。

ほんの十数メートル先の岩陰を、巨大なツキノワグマがうろうろと行き来している。風上にいたせいで、こんな近くに来るまで、僕は臭いにも気がつかずに暢気《のんき》にロッドを振っていたのだ。

上流を向いて釣り上がっていたから、背後はまったく気に掛けていなかった。もしかしたら、この熊がずっとこちらの後を付けてきたのかも知れないと思うと、僕は背筋が寒くなった。

逃げ場を探して、僕は上流を見た。間《ま》の悪いことに、少し先が堰堤《えんてい》からの落ち込みになっていて、高低差も数メートルあり、とても回避できそうにない。この沢には何度か入っていたから、近くに沢から出るルートがないのも知っていた。

沢の行き止まりと熊に挟まれたような状態だった。こうなると、熊がどこかに行ってしまうのを根気よく待つしかないが、困ったことに熊は僕の方に向かって、確実に近づいてくる。

その年は、春の訪れが遅く、五月でも沢のところどころに雪が残っているような状態だった。冬眠から明けて間もない熊なら、腹を減らしている可能性がある。

僕は、いざという時に両手が自由になるよう、熊から視線を離さないように後退《あとずさ》りながら、手からロッドを放り捨てた。

熊が僕に向かって駆け込んできたのはその時だった。

狼狽《うろた》えた僕が、情けないことに悲鳴を上げながら尻餅をついてしまった時、不意に僕と熊との間に飛び込んでくる小さな影があった。

考えるまでもない。ピートだった。

ピートは熊の鼻面《はなづら》にぶら下がるようにして食らいついていた。

熊は背筋が粟立《あわだ》つような咆哮《ほうこう》を上げて首を左右に振り、ピートはそれに吹っ飛ばされたが、身軽に岩の上に立った。

思いがけないピートの急襲に、熊はすっかり意表を突かれたのか、笹を掻き分けて斜面を駆け上がり、沢から逃げ出した。ピートがふーふーと息を吐き、毛を逆立ててそちらを見守っている。

ピートが僕を守ってくれようとしたのか、それとも獲物の魚を横取りされると思って熊に挑んでいったのかはわからないが、とにかく僕は、ピートがいてくれたお陰で、大怪我をせずに済んだのだ。

「なかなか釣れないなあ、ピート」

そんなことを思い出していた僕は、沢を上流に移動するため、手元に寄せた毛鉤に、そう話し掛けた。

ヘヤーズイヤーニンフという毛鉤は、本来は釣り鉤に兎の耳の毛を加工したものを巻き付ける。

ある年の夏、僕はこれを、部屋の中に大量に落ちているピートの抜け毛で巻いてみることを思いついた。出来上がった毛鉤は、兎の毛で巻くそれよりもごわごわで見た目も悪かったが、これが不思議とよく釣れた。

腰に下げた熊除《よ》けの鈴が、ちりんちりんと響く。

ピートはもういないから、熊に襲われたら、もう自分で身を守るしかない。

数か月前、雪がちらつく中を、老衰ですっかり弱ってしまったピートを病院に連れて行くために車に乗せた時も、ピートは車のドアが、僕たちが毎年過ごした思い出の沢に繋がっていると信じて、頻りにドアを爪で掻いていた。春になったら、必ずまたこの沢に連れてきてやると僕はピートと約束したが、ピートの命は、残念ながら解禁日までは持たなかった。

ケースの中には、ピートの毛で巻いたニンフが、まだ何十本も残っている。いつか僕が老人になり、ロッドを振るうことができなくなる日まで、僕は毎年、ピートと一緒にこの沢に来ることができるだろう。

そんなことを考えていた時、ふと、ラインの先についていた目印《マーカー》が、不自然な動きをした。

すかさず僕はロッドを立てて合わせる。

手元に魚の生命感が伝わってくる。

ラインを引き寄せ、ネットの中に魚を入れると、それはヒレに傷一つない美しい山女だった。

「今年初めての山女だ。君の獲物だよ、ピート」

魚の口から外した毛鉤にそう話し掛けると、僕は濡らした手でそっと魚を掬《すく》い上げ、清らかな水の中に逃がした。

まぶしい夜顔　林由美子

初出『5分で読める！　ひと駅ストーリー　夏の記憶　東口編』（宝島社文庫）

わたしの彼は、大切な家庭と将来のある人だった。

職場で出会った彼との、いわゆる禁断の恋は二年になる。わたしは三十三歳になり、彼とつきあい始めて三度目の夏は連日暑く、「どこか涼しいところに行きたいね」とお互い口にはしても、これまで彼と一緒に海や旅行に出かけたことは一度もない。

わたしたちが人目を気にせず堂々と会えるのは職場だけだった。もちろん二人とも、周りにこの関係を気取られるような態度はとらないでいた。でもたまに彼は、わたしにちょっとした悪戯《いたずら》をしかけてもくる。

「そういえば、昼間、わたしが通ったとき、足をひっかけようとしたでしょう」

わたしは、夜、うちのアパートの部屋に来ていた彼に口をとがらせた。

「そうだっけ？」

わたしの食べ残した素麺《そうめん》に箸をのばしながら彼はとぼける。自宅で夕食を済ませてきたはずなのによく入るものだと思うが、彼なりにわたしのパートナー役の穴を埋めようとしているのかもしれない。

「そうだっけじゃないよ。誰が見てるかわからないし、一歩間違えたらどんな噂になるか」

「あれくらいいじゃや、ばれないよ」

と、苦笑気味に遮《さえぎ》る彼はどこか寂しげに見えた。

わたしたちの本当の関係は、決まって夜のものだった。まるで日が落ちてから花開く夜顔のように姿を変える、そんな関係だ。

彼はたびたび夕暮れの駐車場で、仕事を終えたわたしを待った。わたしたちはお互い職場の隣町に家があり、わたしの部屋から彼の自宅までは車で十分ほどと近い。そういう縁もあって、定期券を財布ごと失くした彼を車で送ったのがつきあい始めたきっかけだったが、それはいつしか待ち合わせの場所と時間になっていった。また、彼は週に二、三日、「ちょっと本屋に行ってくる」などと口実をつけて夕食後の家を抜けてくることもあった。

そんな彼と行けるところは、わたしの部屋くらいしかなかった。映画もファミレスも買い出しのスーパーやコンビニさえ、どこで誰に会うかわからない。わたしたちは限られた場所と時間のなかで喋っては抱きあった。

それを不満に思ったことはなかった。彼のからだはいつも熱くて、そこから感じられる生命力がわたしは好きだった。そのからだにぴったり身を寄せて睦言《むつごと》を紡《つむ》いだり、悩み事を話したり、ときに不機嫌から始まる口論もあったりと、ある意味では普通のカップルと変わらないわたしたちだったが、どこにも出かけられないからこそ、ただお互いに向きあうしかない時間は密なように思えた。

そういったなかで、わたしと彼は「もしも話」をよくした。たとえば、もしわたしたちが十年前に出会っていたらとか、性別が逆だったらとか、そんな類《たぐい》のものだ。

　二日前にも、狭いベッドでそれはふいに始まった。

「――もしもさ、おれが大工に職替えするって言ったらどうする？」

　そう言った彼が天井に向けて掲げたしなやかな腕は、気のせいか以前より筋骨がしっかりして見えた。とはいえ、彼の家族を思えばただの突飛な話であり、わたしは適当な調子で返した。

「どうするって、いいんじゃない？　一度しかない人生なんだから好きなことすれば。応援する。ガンバッテ！」

　すると彼も軽いノリで応じた。

「あ、そう？　じゃ、一緒に来てくれる？　色んなシガラミは捨てて、どこか山間《やまあい》の空気のいい土地に移るってのはどう。古民家みたいなところを借りて」

「庭で家庭菜園したり」

「星見たり。きれいだろうな。休みの日は川釣りに行ってさ」

「でもわたし、虫は苦手。それに藪蚊に刺されそう」

「大丈夫だよ。きっとヤツらは若くて新鮮な血を選ぶから」

　といった具合に、二人で気軽に出かけられない今とは違う日々を思い描くのは楽しくて、でもその後はなにも失っていないのに失くした気分になった。

楽しさの裏側には、いつもひとつの思いがつきまとっていた。いつまでもこんな関係を続けていいはずがなく、続くはずもない――。

彼の周りには、わたしより若くて気楽につきあえるだろう相手がたくさんいた。彼がいつかそちらに目移りしても、わたしは責める立場にすらない。

それにこんなわたしでも、人並みには結婚願望はあった。いずれ誰かとのその時期はやってくるのだろうと思ってはいる。けれど、彼との逢瀬《おうせ》に時間を費やし続ければ、それは叶《かな》わなくなってしまうかもしれない。そういう不安が少なからずあった。三十三歳をまだ若いと言う人もいるが、かつての同級生は小学生の母になっていたりもする。子供がほしいとも思う。だから彼と別れて婚活でもなんでもして堂々とつきあえる相手を見つけよう――何度そう思っても、わたしは彼に言い出せないでいた。他の誰かなんていらなかった。あと半年だけ。半年たてば彼はここからいなくなる。だからそのあいだだけは彼のそばにいたい。

だが、それは自分勝手な話だった。

罪悪感と言ったらいいのだろうか。それはむしろ日を追うごとに強くなる。

何度かわたしは彼の家の近くに立ったことがあった。庭先では女性と少女と彼が犬と遊んでいて、そのごく普通な光景を目の当《ま》たりにすると、ものすごく自分が薄汚れている気がした。そして、彼のことも汚しているとも。

——ふいに彼が「駆け落ちしよっか」と言った。

彼はいつもの「もしも話」を始めようとしたが、今日のわたしにはそれが虚《むな》しく感じられた。

「ばかみたいなこと言ってないで、そろそろ先について考えたほうがいいんじゃない？」

つい、わたしが白《しら》けた顔で返すと沈黙が広がった。

そのせいでわたしは後にひけなくなる。

「わたしたちのいまの関係について、どう思ってるの？」

これを彼に訊《き》くのは初めてだった。

テーブルの前で胡坐《あぐら》をかき、氷水だけになった素麺のガラス鉢を見つめる彼は、しばらく考えたあとぽつりとつぶやいた。

「好きなだけじゃだめなんかな」

それを聞いたわたしは、吹き出してしまった。

わたしが思う以上に、彼は考えなしで、子供で、ずるいのだ、と思い知らされたからだ。

ばかにされたと思ったのか、彼はむっとした目をこちらに向けて訊き返した。

「そっちこそ、どう思ってんの？」

「わたし？」

夏になり、少し日に焼けた彼の顔を見つめる。こんなふうにじっと彼を見つめられるのは最後になると直感して、わたしは彼の姿を目に焼きつける。そして、いつか言うつもりで準備してきたセリフを口にした。

「実は最近飽きてきた」

わたしを見る彼の目がさらに険しくなった。

「いつもわたしの部屋ばっかりで、映画も旅行も行けないいし」

「だったら行けばいい。映画も旅行も」

彼は熱っぽく訴えるが、わたしはそれを鼻であしらう。

「行けるわけがないし、行きたくもない」

「どうして！」

「どうして？　なんにもできないくせに。――ねえ、もう自分のいるべきところに帰って、ここには来ないでよ」

自分でも驚くくらい、よどみなく言えた。

彼は片手で頭をかきむしると、突然立ちあがって部屋を出ていった。

彼と出会って三度目の夏、もう彼は夕暮れ時に駐車場でわたしを待たなくなった。

少し日焼けした顔でわたしを待つ彼はいない。終わったのだ。

本当は映画も旅行もどうでもよかった。むしろ、世界がわたしの部屋だけになったならどれほどいいだろう。でも残念ながら、そんなふうには絶対にならないし、彼にそんな世界で暮らしてほしいとも思わない。

これでよかったのだ。

わたしは彼を忘れるためにも仕事に精を出す。幸い、やることは山積していた。デスクに付いたわたしは、パソコンに向かって期末時の成績を入力する。

しばらくして、ふいに耳慣れた声が聞こえた。

「――失礼します」

振り返ると、引き戸を滑らせた彼が戸口に立っていた。そうして、なかに入ってきた彼はまっすぐこちらへ歩いてくると、わたしのデスクの上に彼がまだ未提出だった進路希望調査書を置いた。

「おれ、親に話したから。――だからもう、逃げも隠れもできないよ」

調査書に目を落とすわたしに彼が言う。

「絶対、第一志望も第二も第三も変える気ないから」

志望校記入欄には、第一志望も第二、第三志望も『大工になって担任と結婚する』とあった。

不覚にも、わたしの目から涙があふれる。

「信じられない。ばかじゃないの」

彼は子供で考えなしで、そんな相手に簡単にうんと言えるわけもなく、でもわたしは、打算がなく、ばかみたいに一途《いちず》でまっすぐな彼が心からいとしくて――。

そこで、近くにいた女生徒がわたしたちの様子に気づき「うっそお！」と奇声をあげ、何事かと、同僚職員らが一斉にこちらを向く。

混乱する頭でとにかく彼を守る抗弁を考えるわたしは、どんな顔をしていたのだろうか。彼が私の手を強くにぎった。

「悪いことなんてしてない」

――と、窓の外で一斉に蟬《せみ》が鳴き始めた。

エアコンがききすぎの職員室で、精一杯毅《き》然《ぜん》とする高校三年生の彼はまぶしいくらいに誠実だった。

着ぐるみのいる風景　喜多南

初出『5分で読める！　ひと駅ストーリー　乗車編』（宝島社文庫）

ちょっと自分の目を疑った。

何度か目を瞬《まばた》き、疲れているのかなと瞼《まぶた》をゴシゴシとこすり、それでも目の前にいるものは消えない。どうやら幻ではないようだ。

僕は今、電車に乗っている。残業を終えた会社帰り、とっくにラッシュの時間は過ぎて閑散とした車内。

その車内に、着ぐるみが立っているのだ。

会社からの最寄り駅で電車に乗って、いつも通りにクロスシートに腰掛け、はじめはスマートフォンをいじっていた。そのうち、定期的な揺れが気持ちよくてウトウトしかけ、ガクリと落ちかけて顔を上げた。そうしたらドアの前に着ぐるみが立っていた。

僕はシートの端《はし》に座っていたので、ドアに近い。斜め前に着ぐるみの背中を見るかたちとなっている。

着ぐるみはどうやらウサギのようだ。薄汚れてはいるものの、モフモフとした白い尻尾がお尻についているし、長い耳が垂れ下がっている。有名なキャラクターとかではなくて、おそらくただのウサギ。何かのキャンペーンやイベントで使い古されたような印象を受ける。

寝そうになって顔を上げた直後に気付いたので、最初は夢でも見てるのかと思った。

でも僕の他にいる乗客も、ちらほらとその着ぐるみに目を向けているし、やっぱりこの光景は現実なのだろう。

と、なると。なぜ着ぐるみが電車に乗っているのかということが気になるところだ。何かイベントでも行っているのだろうか。にしてもウサギはずっと背中を向けて立っているだけ。チラシとか配りだす気配もないし、こんな会社帰りの疲れたサラリーマンばかりの車内で宣伝行為も何もないだろう。

僕はしばらくの間、ぼんやりとウサギの背中を眺めていた。

車内の乗客も見てみぬフリはしているものの、やはり気になるのかときおり視線を送っている。さりげなく写メを撮っている猛者《もさ》もいた。

微動だにしないウサギの着ぐるみを見続けていると、はたして本当に中身は人間なのだろうか、と疑問に思う。

もしかしたら着ぐるみに何かを詰め、誰かが立たせて置いていったのかもしれない。ほら、酔っ払いが薬局の前にある人形を持ち出すとかそういう状況。ただ単にイタズラという線もありうる。この車内にいる誰かがさりげなく置いて、皆の反応を見て愉《たの》しんでいるのかも。

と思った矢先、ウサギの白い肩がぴくりと動いた。

中身入ってる。僕は確信した。

やはりイタズラで、仕掛け人が中に入っているのだろう。そうなると中身はお調子者の大学生や高校生男子といったところか。

でも、社会人ばかりで数少ない乗客では、反応が薄くイタズラに適していない。もっとラッシュ時を狙うとか、日中、子供がいる時間帯だったならば、大きく着ぐるみに反応するだろう。子供は着ぐるみ好きそうだし。となると、イタズラではないか……イタズラだったらもっと動き回りそうなもんだし、目の前の着ぐるみは何かに耐えるようにじっとドアを睨《にら》むばかりだ。

「あ！」

唐突に閃《ひらめ》いた僕は、思わず声を上げてしまった。思いのほか車内に響いたその声で、ウサギの耳がぴくっと動いた。

分かった。この着ぐるみは罰ゲームだ。

この着ぐるみの中の人は、飲み会の場でゲームに負けた罰としてこの辱《はずかし》めを受けているのではないだろうか。そうなると中身は飲み会に参加しそうなチャラ男、それか彼氏募集中のチャラ女。

確かに恥ずかしい。顔が見えない分は相殺《そうさい》されるとしても、見知らぬ乗客が多くいる電車で着ぐるみ姿というのは注目を浴びるし、十分罰に値するのではないか。

……いや、ちょっと待て。もしかしたらこのウサギは自ら辱めを受けているということはないか。

ホンモノを見たことはないが、どうやら世間には羞恥プレイを好む人間もいるらしい。生粋のM人間というやつだ。全裸にコート姿で野外を歩きまわったり、若い女の子に全裸を見せて逃げるとか。いや、これはただの変態か。

ともあれ、ウサギの背中を見ているうちに、なんだかその線もありそうな気がしてきた。

中には全裸のおっさんが入っているのか。もしかしたら全裸の痴女なのか。そうなのか。

ダメだ、考えても考えても分からない。無茶苦茶ウサギの中身が気になって仕方がない。いっそ声をかけてみようか。いつの間にか僕の降りる駅は次に迫っているし、ウサギの中身を確かめるのなら今しかない。笑顔で気軽に「どうしてそんな格好を？」と声をかければ相手も応《こた》えてくれるだろうし。

僕は腰を上げかけ、ふと動きを止めた。

……本当に、相手は応えてくれるのだろうか？

僕は中身が人間だとばかり思っていたが、もしかして中身が宇宙人だったら？　というか中身なんてなくて、着ぐるみだとばかり思っていたモノ自体が、謎の生物だったら。未知の世界を開いてしまう扉だったとしたら。

変な汗がふつふつと額に浮き、僕はそれを手の甲で拭《ぬぐ》う。

なんだか怖くなってきて、僕は結局、腰を下ろしてしまった。

窓の外の夜景が流れ、電車の速度が緩んでいく。車内アナウンスが到着駅が間近であることを告げる。

どうする、もう時間がない。僕は決断しなければならない。

中身を確かめるのか。確かめないのか。

決められないままだったが、どっちにしろ降りる駅は目の前なので、僕はウサギに近付いていかなければならなかった。ウサギの立つ側のドアが開くからだ。

緊張でガチガチになりながら、僕はカバンを手にとってウサギの横に立った。

間近に立ってみて――あることに気付いた。

ウサギは微《かす》かに震えていた。

着ぐるみの顔は無表情で、じっとドアの向こうを見つめているだけに思えるが、確かにウサギは震えていて、中から小さく、かすかに、鼻をすするような音が聞こえてきて。

ああそうか。

お調子者の大学生でも男子高校生でもチャラ男でも彼氏募集中のチャラ女でも全裸のおっさんでも痴女でも宇宙人でも謎の異世界生物でもなくて。

中には、泣いている女の子が入っている。きっと泣いていることを知られたくなくて。

それにしても思い切ったことをするなぁ、と僕は感心してしまって、スッキリしたと同時に笑いが込み上げた。

笑いを噛み殺していると、電車が停止した。

音を立ててドアが開く。ウサギは当然のように動かない。

僕も動かなかった。カバンを手に持ったまま、ウサギの横に立っていた。

「……降りないんですか」

ウサギがはじめて声を発した。くぐもって小さな声だったけれど、僕が思ったとおりに女の子の声だ。

「二人で立っていた方が、好奇の目に晒《さら》されないですむかなって」

僕が言うと、ウサギはうつむく。

「ありがとうございます……」

ぽつりと言ってきて、僕は笑った。

ドアは閉まってしまう。再び電車は走り出す。

何故彼女はウサギの着ぐるみ姿なのか。何故泣いているのか。

彼女自身の姿も知らない。でもどうでもよくなっていた。

彼女の気が済むまで、こうしていようと思った。

天からの手紙　上原小夜

初出『5分で読める！　ひと駅ストーリー　冬の記憶　東口編』（宝島社文庫）

「雪はね、空から送られてきたお手紙なのよ」

ほの白く明るい空を見上げて、私はかたわらを歩く小さな娘に語りかけた。

朝の空気がぴんと張りつめ、初めての雪が舞う十二月の空の下、私たちは郵便局へと向かうところだった。

「ふうん」

鼻の頭とほっぺたを赤くした娘は、ちらちら舞い下りてくる雪に濡れないようにと、水色の封筒をしっかり胸に抱え込んでいる。

私は娘の頭にふわりと落ちてきた雪のひとひらをつまみ、そっとすくい上げようとした。けれど、雪は指先につめたい感触だけを残して、はかなくとけて消えてしまうのだった。


「雪は、天から送られた手紙なんだよ」

そう教えてくれたのは、聡《さとし》くんだった。

小学校に入学してからずっと同じクラスで、「向井《むかい》聡」と「宮崎恵《みやざきめぐみ》」で席も近くになることが多かったのに、よく話すようになったのは、五年生で同じ図書委員になってからのことだった。

聡くんは、一年生のときからずいぶん大人びている男の子だった。背もみんなより高くて、勉強もできて、休み時間にはよく教室で難しい本を読んでいた。

私はわりと活発なほうで、男の子たちにまじってドッジボールをしたり鬼ごっこをしたりするタイプだったから、彼とはあまり接点がなく、席が隣になっても話題が見つからなくて、後ろの席の子としゃべったりしていた。図書委員になったのも、たまたまジャンケンに負けただけで、それまで授業以外で図書室に足を踏み入れたこともなかったのだ。

図書委員の主な仕事は、昼休みに図書室で本の貸し出しをすることだった。晴れた日には誰も来なくて、そんなとき彼はいつもカウンターの内側で本を読んでいた。

「何読んでるの？」

「ブラッドベリ」

「へえ」

図書委員のくせにほとんど本を読まない私には、それが本のタイトルなのか作者の名前なのかもわからなかった。

でも、ときどき黒いフレームのメガネを指で直しながら、大人が読むような小さい字の文庫本のページをめくっている彼の横顔を、なんとなく、いいな、と思った。彼が静かに本を読んでいるあいだ、私は隣の椅子に座ってカウンターにひじをつき、このまま誰も来なければいいのに、とひそかに思ったりした。

秋になったころ、事件が起こった。

その日、朝から気分が悪かった私は、四時間目の算数の時間にどうしても我慢できなくなって、トイレに行こうとした。

でも、教室を出たとたん強い吐き気におそわれ、トイレに行く余裕もないまま、廊下にしゃがみこんで吐いてしまった。

胃は空っぽだったらしく、黄色い胃液が少し出ただけだったけれど、そんなところで吐いてしまったショックで、私は呆然《ぼうぜん》とへたりこんでいた。

「大丈夫？」

真っ先に教室から出てきて、背中をさすってくれたのは、聡くんだった。

彼は雑巾で私の吐いたものを手早く隠し、先生を呼んで、それから保健室につきそってくれた。

「どうしよう。学校で吐いちゃった」

階段を下りながらめそめそ泣く私に、彼はいつものように大人びた声で言った。

「大丈夫だよ。誰かに何か言われたら、僕が守ってあげるから」

私は、急に顔が熱くなってしまって、ただ黙ってうなずいた。

聡くんはやさしいから、きっと相手が私じゃなくても、同じことを言っただろう。

そう思ったけれど、恥ずかしくて、顔も見られなかった。

なんだかすごくどきどきして、息が苦しくて、すぐ隣にいる彼が光みたいにまぶしくて、十一歳の私は、もうこのまま死んでしまうんじゃないかと真剣に思った。

そして、生まれて初めて、心の底から理解していた。

私は、聡くんのことが、好きなんだ。


二学期の終わり、私は一大決心をした。

聡くんに、年賀状を出す。

そのためには、彼の住所を聞き出す必要があった。図書委員会のあと、一緒に帰るときに言おう、と決めたものの、いざそのときがやってくると、「住所教えて」というたったひとことがなかなか言い出せないのだった。

ひどく寒い日で、曇った空にちらほらと雪が舞っていた。その年初めての雪だった。

「知ってる？　雪って、天から送られた手紙なんだよ」

暗い灰色の空を見上げて、ゆっくりと歩きながら、聡くんが言った。

「雪の結晶には、ひとつも同じものがないんだ。だから雪の結晶を見れば、そのときの空の状態がわかる。雪は、遠い空の様子を教えてくれる手紙なんだ」

私は彼の話を上《うわ》の空で聞いていた。ただ、「手紙」という単語を敏感にキャッチして、今だ、と思った。

私はぎゅっと手を握りしめ、思いきって切り出した。

「あの、あのね。手紙……っていうか、年賀状出したいから、住所教えてくれる？」

聡くんは、しばらく返事をしなかった。

それから、少し困ったような顔をして、言った。

「僕、転校するんだ」

「え？」

突然の言葉にびっくりして、私は立ち止まった。

「どこに？　佐賀？　熊本？」

無意識のうちに近場の県ばかり挙げる私に、「東京」と彼は答えた。

「東京の病院で、手術を受けるんだ。難しい手術で、東京の大学病院でしか治療できないんだって」

大学病院？　手術？

急に思いもかけない単語が出てきて、私はその意味がよくわからず、聡くんのお父さんか誰かが病気なのかな、と思った。

でも、彼はいつものようにやさしい笑顔で、こう言ったのだ。

「元気になったら、帰ってくるから。絶対、帰ってくるから」

私は、何も言えずに、ただ聡くんの顔を見つめていた。

彼の黒いメガネのふちで雪がとけて、小さなしずくになって、涙みたいに頰をつたっていくのを、ずっと見つめていた。

私たちのあいだに、雪があとからあとから降ってきて、彼の髪にも肩にもランドセルにも、たくさんの宛名のない手紙が、ふわりと舞い下りては消えていくのだった。

あれから、もう何度めの雪の季節を迎えただろう。

大人になった今も、初雪が降るたびにあの日のことを思い出す。生まれて初めて、心がちぎれるんじゃないかと思った、あの日のことを。

「ママ、お手紙こっちだよ」

娘に手を引っぱられ、郵便局の窓口に向かう。

「速達お願いします」

「おねがいします！」

私の横から、娘も一人前に声を張り上げる。

「パパ、はやく出張おわって帰ってくればいいのにね」

娘はそう言って、大事に抱えていた水色の封筒を窓口に差し出した。

「むかい　さとし　さま」

その手紙には、たどたどしい大きな字で、宛名が書かれているのだった。

I love you, Teddy　深沢仁

初出『5分で読める！　ひと駅ストーリー　降車編』（宝島社文庫）

僕は、向かいの席に座る男の子のちいさな手が、彼の膝の上に座っているテディベアの頭を撫でるのをじっと見ていた。

テディベアはチョコレート色で、目は黒く、白い水兵の服を着せられている。三、四十センチぐらいの背で、腹部のあたりにボタンがあるのか、強く抱きしめられると「ジングル・ベル」を歌う。僕がこの列車に乗ってから、少なくとも五回は歌わされている。

男の子のほうは、六歳ぐらいだろうか。黄緑色のTシャツに短パン。茶色っぽい黒髪は短く、元気がよさそうといえば聞こえはいいが、落ち着きがないようでもあった。座席に膝をついて窓のそとを眺め、飛行機が飛んでいるのを見つけてはテディベアにそれを見せてやり、そうかと思えば退屈そうな顔になって、テディベアをぎゅっと抱きしめたりする。六回目のジングル・ベル。歌声はもう掠《かす》れている。

「なんか、声がヘン。ちかれた？」

「ちかれた」

幼い少年のような声でテディベアが頷く。男の子がつまらなそうな顔をすると、テディベアは申し訳なさそうな上目遣《うわめづか》いを返す。まったくよくできている、と僕は思う。

「ママのテディベアと遊ぶ？」

となりにいた母親が、穏やかな声でそう訊《き》いた。母親の横には、息子と同じぐらいのサイズのテディベアが座っている。こちらは淡い桃色のエプロンを着た白いテディベア。「私と遊ぶ？」「いらない」白いテディベアは笑顔で首をかしげたが、男の子は不満げに言うと自分のテディベアを抱いて目を閉じた。母親と白いテディベアは、顔を合わせて肩をすくめる。

僕が生まれた頃、テディベアはボタンを押されたときに、同じ台詞《セリフ》を言うだけだった。自発的に動きはしたが、あそこまでナチュラルな滑らかさはなかった。それがほんの十年の間に、動くのも表情が自在に変化するのも当たり前、話しかけると学習して、いくらでも言葉を覚えるようになったらしい。その上旧型よりずっと安価になったというのだから、普及するのもむりはない。

周りに視線をやって、僕はちいさく首を振る。

むりはないが、これは異常だ。子どもから大人まで、全員がテディベアと一緒に座っているのだ。学ランを着た少年は、野球チームのユニフォームを着たテディベアにカバンを持たせている。女子高生の集団が、テディベアの服を交換して遊んでいる。本を読んでいるいかにも寡黙《かもく》そうな青年の横では、青年に寄りかかるようにしてテディベアが眠っている。

明らかに新しいテディベアが多いのは、クリスマスの直後だからだろう。クリスマスシーズンに、最新型テディベアがさらに値下がりしたという噂を聞いた。それで手に入れた人も多いのかもしれない。

あるいは、たんに季節のせいか。春よりも冬のほうが、人間は寂しさを覚えるらしい。最新型は疑似《ぎじ》体温機能までついているというから、持っていると人恋しさまで埋められるのかもしれない。

それにしても、車両内でひとりなのは僕だけ、という状況は勘弁してほしい。何人かは露骨にこちらを見て、不思議そうな、あるいは憐れむような視線を向けてくる。

あと少し……。

列車がスピードを落として、駅に停車する。

あと二駅で、僕の駅に着く。家に帰って、家族に会えば、この気持ちもマシになるだろう。

「ぼっち！」

という声が聞こえたのはそのときだった。

窓のそと、駅のホームを振り返ると、小学校低学年ぐらいの集団に追われて、走ってくる女の子が見えた。

「ぼっち！　ぼっち！　ひとりぼっち！」

いじめか。集団の中には、よく見るとテディベアもいる。走るいじめっ子についていっているだけだろうが、はたから見ると、人間と一緒になって女の子を追いかけ回していいるように見えなくもない。動きがリアルすぎるせいだ。

追いかけられた女の子は、ドアが閉まる直前、僕のすぐ脇のドアから列車に飛び乗った。乗客の数人が女の子を見て、しかし睨《にら》み返されてすぐに目を逸《そ》らした。女の子の背中でドアが閉まり、列車が静かに走りだす。

向かいに座る子と同じ歳ぐらいの、しかしこちらはずいぶんと貧相な身なりをした女の子だった。身長は百センチくらいで、やせっぽっち。ぼさぼさのおかっぱ。大きすぎる茶色のセーターと白いキュロット、それにぼろぼろのブーツをはいている。肩からさげた布製の赤いカバンはいまにも破けそうだし、なによりも、彼女はテディベアを持っていないようだった。それでいじめられたんだな、と僕は思った。

「テディベアなんか嫌い！」

車内の注目を浴びた女の子は、大きな声でそう宣言した。

「わたし、テディベアなんかいらない！　さびしくないもん！　夜、なんにも抱きしめなくたって眠れるわ。ひとりでへいき！」

女の子の高い声に目を細めたのは数人で、ほとんどの人間は聞こえないふりをして自分たちの会話に戻った。彼女はおおいに不満そうに眉を寄せると、ふと僕を見つけて睨んできた。目つきの悪い子だ。

「あなたもひとりね」

僕は素早く目を逸らしたが、女の子は大またで歩いてくるとほとんど飛び乗るようにとなりに座った。僕はなにも言わない。

「ひとりでいても、ふたりでいても、テディベアがいても、ひとりぼっちのときは、ひとりぼっちよ。そうでしょう？」

僕はとなりを見る。黒い瞳は、よく見るとまん丸くて、笑うとかわいいだろうなと思った。だけど、そんなことを言ったら怒りそうだ。

「わたし、パパとママが死んじゃったから、おばあちゃんと住んでるの。でもぼけてるから、おばあちゃんとしては知らない子どもが家にいるのとおんなじなの。でもへいきよ。あなたはへいき？」

列車にひとりで乗っているからといって、僕も同じようにひとりなのだと思わないでほしい、と言いたかったが、僕はやっぱり黙っていた。

「ちかれたよ」

という掠れた声がした。向かいの男の子が、テディベアを抱きしめてまた歌わせようとしていて、テディベアが拒否しているのだ。男の子が苛《いら》ついたように、むりに抱きしめようとする。テディベアが抵抗する。

「壊れちゃうわよ」

母親がやんわりと注意したのと、「かわいそうでしょ！」ととなりの女の子が怒鳴ったのは同時だった。僕はびくりとする。向かいの子も驚いた顔をして、だけどすぐ機嫌をそこねたように唇をとがらせた。

「うるさい、ばあか」

「疲れてるって言ってるのよ。わたし、テディベアは嫌いだけど、いじわるな子はもっと嫌い！」

「びんぼう」

「こら！」

悪態をついた息子を母親がたしなめ、周りの視線に首をすくめるようにして愛想笑いをした。となりに座った女の子は、貧乏という言葉が癇《かん》に障ったのか、それともほんとうにテディベアがかわいそうなのか、泣きそうになっている。どちらにしても不器用な子だ。僕はしかたなく、彼女の腿《もも》あたりにぽんと手を置いてから立ち上がった。数歩歩いて振り返ると、たいへん不本意だけどついていってあげるわ、という顔でついてきた。となりの車両に続くドアの前で立ち止まる。女の子が力をこめて、重たいドアをなんとか開ける。そのまま女の子を先頭にして、新しい車両をずんずんと歩いた。この車両も、前とさして変わらない。みなテディベアと一緒にいる。みんな。

「――――！」

そして、僕は立ち止まる。

懐かしいオレンジの香りが鼻先に触れた。

「だってかわいそうでしょ。学校の子もそうよ。みんな、ちょっと前までは旧型のやつを抱きしめて歩いてたくせに。ほんとうに好きなら、ずっとおなじテディベアでいいでしょ。だって前の子はどうなるの。古いテディベアはどうなるの。あなたはどこに行くの？」

女の子が振り返って、途中で立ち止まったままの僕に気づいて怪訝《けげん》そうな顔をした。僕は女の子をちらりと見て、だけどすぐに視線を元の場所に戻した。女の子もつられるようにそっちを向く。

「あれ――」

髪の長い、背の高い、セーラー服を着た美しい少女。オレンジの香りは香水のものだ。細い両腕に、真新しいキャラメル色のテディベアを愛《いと》おしそうに抱えている。となりには、色違いのテディベアを持った男が足を組んで座っている。

「――あの茶色いの、お前が持ってたやつに似てねえ？」

となりの男にそう言われると、オレンジの香りの彼女は、こちらを見おろしてまばたきをした。僕は動かない。動けない。

「うん、似てる……。でも、前のは壊れて捨てちゃったから」

僕はただ馬鹿みたいに突っ立ったまま、オレンジの香りをした少女から目を逸らせなかった。だけど彼女の視線は、簡単に男と新しいテディベアに戻る。――どうして。どうして、駅の遺失物置き場で目を覚ましたときからいままで、その可能性に思い当たらなかったんだろう。自分だけは大丈夫だと？

前を向く。女の子が僕を見ている。

――ひとりぼっちのときは、ひとりぼっちよ。

なにもかも見透かしたような瞳から逃げるように後ずさると、背中がドアにぶつかった。僕ひとりでは開けることすらできない重たいドア。列車がゆっくりとスピードを落とす。どこに行くの？　どこに行く？

「――っつ」

列車が止まってドアが開いたのと同時に、女の子が走ってきて僕の左手をひっ掴み、そのまま列車を飛び降りた。抵抗する間もない。抱えられて、女の子が大きく息をしたのを感じた。女の子からはミルクのような香りがして、オレンジの気配はかき消える。

「いっしょに帰るのよ」

そう宣言した女の子の、こちらを見おろす目と目が合った。憐れみじゃなくて。優しくて。僕はなにも言わない。言えないのだ。旧型のテディベアには喋る機能はついていない。しかたがないので、僕は右手で自分の腹部を指した。察しのいい女の子は、僕をぎゅっと抱きしめる。

「アイ・ラヴ・ユー」

インプットされた唯一の言葉を、僕はゆっくりと口にした。

「英語なんて、なまいき」

女の子はそう感想を漏らすと、僕の額に額をくっつけてふっと笑った。

ファースト・スノウ

沢木まひろ

初出『5分で読める！　ひと駅ストーリー　冬の記憶　西口編』（宝島社文庫）

「困ります、そんな……私には妻と子供が。家のローンだってまだ」

「うるせえな。ぎゃーぎゃー騒ぐんじゃねえ、じっとしてろ」

「嫌です！　お願いです勘弁してください！　サワコー！　ショウタ────！」

男は死んだ。さんざん駄々をこねたわりには、えらくあっさりと。太平楽《たいへいらく》な死に顔を見おろして俺はため息をつき、はい、終了、とつぶやく。


俺の仕事は殺し屋だ。

怯《おび》えさせずに逝《い》かせてやるのがプロだというけど、そこらへんは自己流でやらせてもらってる。人前に顔は晒《さら》さない。誰とも会わない。唯一、年にいっぺんだけ会えるのが息子だが、これも話はさせてもらえない。名乗ることすら許されず、ただ確認するだけなのだから、「見る」と言ったほうがいいか。

今日はその「見る」日。息子の姿を発見すると、そっとあとをつけた。最初のときは赤ん坊だった彼も、早いもので小学生になった。

人の行き交う舗道を、息子はひとり、小さな布袋を提《さ》げて歩いていく。相変わらずチビで細くて、向かい風に飛ばされそうだ。俺はガキのころから背の高いほうだった気がするので、嫁似なのかもしれない。でも嫁の身長がどれくらいだったか、そもそもどんな顔の女だったのか、じつはよく思いだせなかったりする。

元気よく揺れる布袋。何が入っているんだろうとぼんやり思いつつ歩いていたら、ふいに息子が振り返り、こちらを見あげた。

「なんでついてくるの？」息子は言った。「おじさん、誰？」

尾行がばれた上「おじさん」呼ばわりされた衝撃に、しばし声を失った。

「――殺し屋だよ」

せいぜいドスをきかせて言ってみた。息子は、何それ、食べたことないんだけど、みたいな顔で首をかしげるだけだ。生まれて七年かそこらのガキの辞書に「殺し屋」という呼称は載っていないらしい。

「何持ってんだ、それ」きまり悪さをごまかすため、話題を布袋へ転じた。

「お金」息子は答えた。「お母さんにクリスマスプレゼント買うの」

「小銭かよ。小銭ばっかだと断られるぞ」

「コゼニって丸いお金のこと？」

「ああ。二十枚以上出されたら、店はイヤだと言う権利がある。法律で決まってる」

「そうなんだ。でも、大丈夫だと思うよ。前に買ったときもコゼニだったもん」

言って息子は歩きだした。少し迷ってから、俺はあとに従った。父親と名乗りさえしなければ、とがめられることはあるまい。

街はどこもかしこもクリスマス仕様だった。きらめくショーウインドウ。浮かれた音楽。久々に季節を感じた気がした。そういえば、なぜクリスマスなんだろう。今日は彼の誕生日でも俺の誕生日でもない。「見る」日はほかの日でもいいはずなのに。

花屋で、息子は真紅のバラの、まだつぼみのやつを三本買った。店の主人は九百円分の小銭をすんなりと、しかも笑顔で受け取った。もし断ったら脅してやるつもりでいたのに、俺の出番はないらしい。退屈しのぎに、飾られていたクリスマスツリーを五十センチばかり移動させてみたが、誰も気づかなかった。

花束にされた三本のバラを、息子は大事そうに胸の前に抱えた。それを見た瞬間、ずきりとした痛みを頭に感じた。

「おじさん、暇？」

暇なのはわかりきってるがいちおう訊《き》いてやるという口調で、息子が言った。

「暇ならつきあってよ。もうちょっと時間つぶしたいから」

俺は花束を見ていた。何かが思いだせそうな感覚だった。

「帰らなくていいのか」

「お母さん、会社だから」

「遅いのか」

「八時くらい。帰ってもすることないんだよね。ゲームしてるとお母さん怒るし」

川べりの土手まで来ると、息子はすとんと腰をおろした。その隣に座った。強い風はおさまり、川の水も鏡のように静まっている。

謎の頭痛は、ずっと続いていた。思いだしたら最後のような、でも是が非でも思いだして確かめたいような。

「おまえさ」敢えて尋ねた。「お父さんはどうしたんだよ」

「お仕事で死んじゃった」

「えっ？」

「お母さんがそう言ってた」

混乱した。お仕事で死んじゃった……？

「おじさんは？　お仕事、何してるの？」

「俺は……殺し屋だっつったろ」

「コロシヤって知らないよ。お店？」

きい、と背後で自転車が止まった。着ぶくれた初老の女だった。

「タツヤくん？」

女が息子の名を呼ぶ。タツヤという名の表記を、俺はいまだに知らない。

「なあに、そんなとこ座って。お母さん今日も遅いの？」

「年末だしね」息子は知ったような答えかたをした。

「だったら、おばちゃん家《ち》いらっしゃい。お汁粉《しるこ》つくったげるから」

「えー、クリスマスなのにお汁粉って」

「ぜいたく言うんじゃないの」

「わかった。じゃあ、話終わったらすぐ行く」

話？　と女は眉間にしわを寄せたが、そのまま自転車をこいでいった。

しわが寄るのは当然だ。彼女の目に映っていたのは、土手にぽつんと座るひとりの少年。俺は見えない。息子はたまたま見えているようだが、普通は見えない。死者をあの世へ案内する、きれいな言いかたをすれば〝天使〟の役目を負う者だからだ。

せちがらい話で、天使にも格がある。てっぺんは「生まれたときから天使」という高徳な連中で、俺たち「もと人間」、しかも一番の下っ端《ぱ》は、ひたすら天と地上を往復して、魂の送迎を務めなければならない。生前の罪を償《つぐな》うための労働なんだそうで、きっちり悔い改めれば、もう少し天使っぽい暮らしが送れるらしい。ところが俺は、自分がどんな罪を犯したのか憶えていない。わかっているのは、妻子より先に死んだという事実だけ。だから悔い改めようがないのだった。

こうしてクリスマスに見に来るのも、あれがおまえの息子だと教えられたからで、初めは可愛いともなんとも思わなかった。愛しあったはずの女の顔さえ忘れ、この世に未練を残す人びとを慈悲のかけらもなく引っ立ててる。こんな野郎が天使だなんておこがましい。だから殺し屋。ずっと、そう思ってきた。

「なんでつぼみのバラなんだよ。ちゃんと開いてるやつのほうがきれいだろう」

「だってプロポーズだもん」

「プロポーズ?」

「お母さんが言ってたんだ。お父さんがバラを渡してプロポーズしてくれて、すごくうれしかったって」

「――」

「赤いつぼみのバラにも三本っていうのにも、ちゃんと意味があるんだって。だから今日は、ぼくがお母さんにプロポーズしてあげようと思って」

ふいに、女の姿が脳裏に浮かんだ。

真紅のつぼみのバラの花言葉は、「あなたに尽くします」。三本のバラの意味は「愛の告白」。どうしてそんなこと、俺は知っているのだろう。

女の顔が徐々にはっきりしてくる。ロマンチックすぎて逆にダサいプロポーズを、喜んで受けてくれた彼女の微笑。澄んだ瞳。細い指先。「赤ちゃんできたの」と告げた優しい声。そしてすべての記憶が、耐えがたいほどの臨場感で再生された。

俺は彼女と、彼女のお腹にいたこの子を裏切った。幸せだったのに、ふたりのためならなんだってすると思っていたのに、突然の解雇という事態に我を忘れた。上司に食ってかかった。勢い余って殴り殺した。警察に追われ、逃げて、追い詰められて、もう終わりだと踏切に飛びこんだ。最低最悪のやりかたで、家族を置き去りにした。ユキコ。――そうだ、雪子《ゆきこ》。どんなに苦労しただろう。

「ぼく、そろそろ行くね。おじさんも帰ったほうがいいよ」

ああ、と俺は応え、立ちあがった。

風がまた強くなってきた。来た道を逆にたどり街なかまで戻ってくると、その場所に近づいた。下っ端とはいえ俺も天使だ。もう全部わかっていた。毎年クリスマスに息子を見ることを許されていた理由。今日、息子の目に俺の姿が映った理由。

ヘッドライトを光らせ、トラックが交差点を曲がってきた。寝不足でよれよれの男が運転するトラック。一瞬うとうとし、ハンドルを切りそこねるまであと一秒。

不吉な気配を察したか、息子は立ちすくんだ。

俺は地面を蹴った。

運命をねじ曲げることは許されない。神の意思に背いた天使は地獄へ堕《お》ちる。それでもよかった。この子が生きていられるなら。彼女がこの子を失わずに済むのなら。

クリスマスがやってきた。

花屋で、若者は赤いバラを一本買った。赤いバラの花言葉は「あなたを愛します」。一本のバラは「ひと目惚れ」の意味だ。

外で待っていた俺には目もくれず、彼は早足で歩いていく。よかった、と思った。話ができないのは残念だが、やっぱりほっとした。よかった、今年じゃないのだ。

息子の命日は十二月二十五日。これは変えられない。ただ、本当は七歳で逝くはずだったのが、神の気まぐれで延長された。来年か、再来年か、もっと先か、とにかくクリスマスに彼の命は終わり、俺はその瞬間に立ち会う義務を負わされている。再び逆らったら、今度は息子ともども地獄行き。そういうことで話がついている。

三十で死んだ俺は三十のままだ。でも息子は一年ごと歳を重ね、いつかは俺を追い越すのかもしれない。そのことも、いずれあの世に連行しなきゃならないのも切ないが、俺はちょっと楽しんでもいた。クリスマスの今日、息子はひと目惚れした女の子を口説き、あわよくば童貞にサヨナラしたいと目論《もくろ》んでいる。我が子のそんな一日を見物できる親父なんて、宇宙広しといえども俺くらいのものだろう。

それにしても、いまどきの女の子にバラの花言葉なんて通用するんだろうか。気色《きしょく》悪《わる》がられておしまい、なんてことにならなければいいが。

背の伸びた息子と並んで、街を歩く。

真冬の空から雪が、ひらひらと舞い降りてきた。

らくがきちょうの神様　上原小夜

初出『5分で読める！　ひと駅ストーリー　乗車編』（宝島社文庫）

「ママ。きょうは、かみさまのところにいくの？」

新幹線は博多《はかた》駅を出発したところだった。

三歳になる娘の桜子《さくらこ》は、きちんとした紺のワンピースを着せられ、座席にちょこんと腰かけて、無邪気にたずねた。そうよ、と優子《ゆうこ》は答え、通路側に腰を下ろした桜子を抱き上げて窓側の席に座らせた。

電車に乗るとき、食事をするとき、優子はいつからかこうして自分の体を盾にして、桜子を人の目から隠そうとするようになっていた。二月の平日の今朝は、自由席の車内も閑散として、近くに座る乗客もなく、優子はひそかにほっとしていた。

桜子の体には、生まれたときから、茶色の小さなあざがいくつもあった。

ちょっと気になるから、と小児科から紹介された大学病院で、まだ若い男性医師は、優子が聞いたこともない病名を告げた。

「それはどういう病気なんですか？」

戸惑う優子に、医師は分厚い医学書を引っぱり出してきて、いくつかの症例写真を見せた。そこには、全身に無数のあざやこぶがある体や、びっしりとこぶに覆われた顔や、背骨が大きく曲がった背中が写っていた。

「このように、年齢とともにあざや腫瘍《しゅよう》が増えていきます。骨が変形するケースもあります」

驚いて声も出ない優子に、医師は慰めるように付け加えた。

「まあ、これは、あくまで重症例ですから。必ずしもこうなるとは限りませんから」

優子は胸のなかで眠る赤ん坊の桜子をきつく抱き締め、かすれた声でたずねた。

「それで、その、その病気は……治るんですか？」

若い医師は視線を外すように手元の医学書を閉じると、ゆっくりした口調で答えた。

「残念ですが、現在の医学ではこの病気を根本的に治療することはできません。目立つ腫瘍を切除するとか、いわゆる対症療法で一生付き合っていくことになります」

優子は気を失いそうになりながら、医師の話をぼんやりと聞いていた。

三十を過ぎ、結婚五年目にやっと授かった娘が、そんな難病を抱えているなんて信じられなかった。そんなはずはない、なんの罪もない娘が、そんな苦難を受けなければならないはずがない。

それから、優子はたびたび、成長した桜子の夢を見た。夢のなかに、あざなんてどこにもない、真っ白な肌をした桜子がいる。そして、ママ、きれいな体に生んでくれてありがとう、と笑うのだ。

ああ、よかった。いままでのことは、みんな悪い夢だったんだ。本当は、桜子は病気なんかじゃなかった。よかった、悪い夢が覚めてよかった。

いつも、そこで目が覚めた。

毎朝、今日こそはあざが消えているのではないかと淡い期待を抱き、昨日と変わらずくっきりと存在する茶色のあざを見ては絶望する。その繰り返しだった。桜子の首には目立つ位置にあざがあり、色白の肌に、その茶色のあざはひどく不吉な印のように浮かび上がって見えた。

通りすがりの人々に、可愛いお嬢さんね、と褒《ほ》められるたび、いっそう桜子が不憫《ふびん》に思えた。この可愛い娘が、いつかあの写真のようにあざだらけ、こぶだらけの姿になってしまうのかと思うと、わが子の成長を見守るのが怖かった。このまま大きくならなければいい、とさえ思った。

今日、優子は桜子を連れて、熊本にある夫の実家に向かうところだった。夫の両親が信奉している神社で病気を治す祈禱《きとう》をしてもらうように、という姑《しゅうとめ》の強い勧めを断り切れず、二人で行くことになったのだ。

優子は、神様など信じてはいなかった。本当に神様がいるなら、この世にこんな理不尽な悲しみや苦しみが存在するはずがないと思った。でも、もし本当に神様がいると言うなら、優子の願うことはたったひとつだった。

神様。

どうか、この子を幸せにしてください。私の命と引き換えでも構わないから。

「ママ。おえかきしたい」

新幹線の窓の外を眺めていた桜子が、振り向いて言った。

優子はバッグから落書き帳とクレヨンを取り出し、桜子の膝の上に置いてやった。桜子は空色《そらいろ》のクレヨンをつかんで、何やら丸のようなものを描き始めた。

「何描いてるの？」

「かみさまだよ」

桜子は顔も上げず、熱心にクレヨンを動かしている。出来が気に入らないのか、何枚も紙をめくっては描き直しているらしい。そんな桜子の様子を見ながら、優子は小さくため息をついた。

この子はまだ幼いから、こうやって純粋に神様を信じていられるのだろう。でもこれから大きくなれば、人と違う自分の体に気づく日がくる。来年には幼稚園、やがて学校生活も始まる。体育や、プールや、修学旅行や、普通ならなんでもないことがこの子には辛《つら》く、きっとそのたびに傷つくだろう。誰かに愛されて、結婚して、そんな平凡な幸せさえ望めないかもしれない。そして、この子は知ってしまうのだ。この世界に神様なんていない、ということを。

桜子の病気がわかってから、優子はこの世界を相手に、わが子の前で両手を広げる戦士だった。この子を傷つけるすべてのものから守ってみせる。優子はたったひとりで、そう決意していた。桜子が幸せになれないのなら、自分もこの先、決して心から笑うことはないと思った。

けれど、桜子はいつか大人になって、ひとりで自分の宿命に立ち向かい、戦っていかなければならなくなる。桜子の将来を考えれば考えるほど、優子の心は重く沈んでいった。

桜子は隣の座席におとなしく腰をかけ、ぷっくりとした白い手にクレヨンを握って、一心に動かしている。そのまっすぐな髪をなでながら、やりきれない思いで、優子はひとり言のようにつぶやいた。

「桜子は、どうして生まれてきたのかな。どうして、この世界に生まれてきたのかな」

すると、桜子はふと顔を上げ、なんでもないように答えた。

「あのね。さくらこはね、うえから、あそびにきたんだよ」

答えが返ってくるとは思っていなかった優子は、驚いて聞き返した。

「うえって、空の上のこと？」

うん、と桜子はうなずいた。

「おそらのうえにね、かみさまがいてね、あかちゃんがたくさんいたの。かみさまが、いいよっていったらね、あかちゃんが、すーっておりるの。それで、さくらこも、すーっておりたの。あのね、ここにおりたらね、とってもたのしいとおもったの」

思いもかけない答えに、優子はしばらく言葉を失って、ただ桜子の顔を眺めていた。

「……それで、ママのところに生まれてきたの？」

やっとそれだけたずねた優子に、うん！　と桜子は元気よく答え、思いきり抱きついてきた。優子は何も言えないまま、柔らかく汗ばんだ桜子の体を抱き締めた。

ああ、そうだったんだ。

この子は、戦うためにこの世界に生まれてきたんじゃない。

ただ、遊びに来たんだ。この世界はとってもたのしい、と思って。

優子は桜子をしっかり抱き締めたまま、その確かなぬくもりを全身で感じていた。

三歳になった桜子の体はずっしりと重く、もう自分のお腹のなかにおさまっていた小さな赤ん坊ではなかった。

この子は私の子供だけれど、私の分身ではない。

この子は、真新しいピカピカの、ひとつの命なのだ。

優子は、当たり前のその事実を、いま初めて知った気がしていた。

この子が幸せになれないなんて、どうして決め付けていたんだろう？

この子は、自分の力で、ちゃんと幸せになることができるのだ。

この子には、それがもうわかっているのだ。この世界に生まれてくる前から。「生まれてもいいよ」と神様が言ってくれるのを、空の上で待っているときから。

「まもなく、熊本《くまもと》に着きます」

車内のアナウンスが流れる。

「ねえ、ママ。かみさまに、なにをおねがいするの？」

桜子は、優子の胸のなかでたずねた。

そうねえ、と優子は少し考えてから答えた。

「みんなが、幸せでありますように、かな。桜子も、パパもママも、お空の上にいた小さな赤ちゃんたちも、赤ちゃんのパパやママたちも。みんな、みんながね」

ふうん、と桜子は答え、それから優子の顔を見上げた。

「さくらこはね、おおきいぬいぐるみがほしい」

優子は笑って、桜子の頭をなでた。

「神様がサンタさんとお友達だったら、伝えておいてくれるかもよ」

それから優子は窓に目をやり、新幹線の厚い窓ガラス越しに空を眺めた。飛び去っていく家々や田畑の風景の向こうに、薄い雲の広がった空が見える。

あの空の上では、いまもたくさんの赤ちゃんたちが、この世界に下りてくる日を待っているのだろうか。そして、私自身も、いつか空の上で、同じように待っていたのだろうか。この世界に生まれてくる日を。きっと、わくわくしながら。

もしかしたら空の上にいるのかもしれない神様に向かって、優子は心のなかでひそかに祈った。

神様。

空の上から遊びに来た桜子も、たくさんの赤ちゃんたちも、そして、この私も。いつかあなたのもとに帰るとき、どうか、こう言えますように。

ただいま。とっても、たのしかったよ。

いつの間にか床に落ちていた落書き帳が、優子の足元でめくれて音を立てる。

桜子は優子の腕からすり抜け、落書き帳を拾い上げた。そして、「らくがきちょう」と書かれた青い表紙をめくり、真ん中あたりのページを開くと、得意げに優子の前に差し出した。

「かみさまだよ」

白い紙の上には、いびつな丸に、線で描かれただけの目がふたつと、笑った口がひとつ。

「桜子の神様は、にこにこの神様だね。とっても上手だね」

優子が頭をなでると、桜子はほっぺたを赤くして、うれしそうに笑った。

空色のクレヨンで不器用に描かれた神様は、そのまんまるな笑顔に、どこか似ているのだった。

祈り捧げる　林由美子

初出『5分で読める！　ひと駅ストーリー　冬の記憶　西口編』（宝島社文庫）

高く振りあげられた鍬《くわ》が霜《しも》の降りた地表に突き刺さる間際、わたしは知らず知らず足を止めていた。正しく言えば竦《すく》んでしまったのかもしれない。真冬の凍土に眠る生き物を叩き起こそうと、暴《あば》きだそうと、そんな容赦《ようしゃ》のない様子に漠然と不安をかきたてられたのだ。鍬はわたしの十歩ほど先で幾度も振りあげられる。抉《えぐ》れてゆく土と弾《はじ》き飛ばされる小石。鍬の持ち主は、なにやら一人で木の根元に穴を掘っている。が、ふいにその動きが止まった。

穴掘り人の横顔が見えた。二十歳《はたち》をいくらか過ぎた齢《とし》と思われる彼は、鍬をかたわらに置き、目元を擦《こす》りながら俯《うつむ》いた。どうやら土埃《つちぼこり》が目に入ってしまったようだ。

近くを歩く人々は、そんな彼を見て見ぬふりで通り過ぎてゆく。

まだ明けきっていない早い朝は鼠色《ねずみいろ》の雲が寒々しく、奉公先へと前を歩く幾人かの姿は揃って寒さに背を丸め早足になっている。いつもならわたしもその人たちと同じ足取りで、集落のはずれにひっそりと祀《まつ》られた石祠《せきし》を拝んだあと履物商の父の手伝いに急ぐのだが、痛そうに目元を擦っているその人を放っておくのも何で、わたしは懐《ふところ》に挟んだ懐紙を確かめると彼に近づいた。

「よろしければお使いください」二つに折った紙を差しだす。

すると目を擦りながらの相手の口元が笑い、きれいな歯列が垣間見えた。「かたじけない」受け取った紙で目元を拭いたその人は、ぱちぱちと瞬《まばた》きをする。――と、ふいに彼がこちらを向いた。「助かった。礼を言う」

思いがけず、とても澄んだ目をした人だった。

「いえ。お礼なんて」

そこで芽生えた気恥《きはず》かしい思いはどこか不埒《ふらち》な気がして、そんな胸の内を隠したいわたしは俯きつつも、足元にできている浅い穴について尋ねずにはいられなかった。

「なにゆえに穴を掘っているのですか？」

だが彼は小首を傾《かし》げ苦笑しただけで答えてはくれず、その表情は擦って少し赤くなった白目のせいかどこか悲しげに見えて、わたしは心に引っかかりを覚える。

とはいえ、彼とはそれ以上話せずそこでお別れとなった。「これ、行きますよ」共に朝の拝礼に行くため先を歩いていた母が、なかなか来ないわたしを呼んだからだ。

翌朝も石祠に拝礼する足で同じところを通ると、穴はびっくりするほど大きく深くなっていた。恐いもの見たさと言ったらいいのか、わたしは吸い寄せられるようにそこへ近づいて上から覗き込む。ちょうど大人がすとんと落ちてしまいそうな大きさの穴は言い知れぬ不穏な冷気を発していて、思わずわたしは一歩退《しりぞ》く。

「あぶないよ」

振り返ると鍬を携《たずさ》えた昨日の彼が、微笑みがちに立っていた。

「ずいぶん掘ったのですね」

「今日はもう一つ掘る」彼はやはり悲しげに笑う。

なぜそんな顔をするのだろう。尋ねたい思いを抑え、わたしは大袈裟《おおげさ》な口調でこう言った。「まああなんと、気の毒なことでしょう」

「なにが言いたい」

気持ち眉をひそめた彼に、わたしはさも深刻そうに声を落とす。

「眠っているところを穿《ほ》りだされた虫たちのことですよ」

一瞬ぽかんとした彼は、その刹那《せつな》、肩を揺らして笑った。

「なるほど。ならば、この腰の痛みはやつらの怨念の仕業《しわざ》だろうか。これは大事だ。明くる日も、また明くる日も掘らねばならぬのに」

「このような正体不明の穴が幾つもできるのですか」わたしは戸惑った。「穴はすべてでいくつになるのでしょう」

「おぬしは朝はいつもここを通るのか」

「ええ、まあ」話をはぐらかされたので渋面になる。

「ということは掘った穴の数、おぬしと会えるのだな」

からかい文句にしても、わたしの胸が一つ大きく脈打った。

「だとしたら穴を掘らぬ日はどこに行けば――」

彼が言いかけたところで、後ろから「なにをしてるの、行きますよ」と声が割って入った。振り返ると、口を引き結んだ母が諫《いさ》めるようにわたしを見ていた。

彼とは話半ばだったが別れの言葉もそこそこに母のもとに行くと、石祠に向かう道すがら、隣を歩く母が静かにわたしをとがめた。

「あの人と関わるのはおよしなさい」

どこの誰かわからない相手と気安く話すものじゃない。母の考えは重々にわかっていた。だけれども、わたしはまたあの人と会いたくて、次の日は忘れ物があるふりをして、わざと母より遅れてあの道を通った。

その日も彼は穴を掘り続けていて、わたしの姿に気づくと表情を緩めた。

「母様《かかさま》は悪い虫がつくのが気に召さない顔をしておったから、もうここを通らぬかと思った。そうなってもよいように尋ねるが、どこに暮らしておる」

問われて、わたしは目を伏せる。それこそ父母から見知らぬ相手に軽々しく身の上を話さぬようにと言い含められていた。そういったこちらの迷いを汲んだのだろうか。

彼は慌てたように続けた。

「おっと、人に尋ねる前に我が身について話すべきだった。おれの父は穴掘り請負い人で」彼はわずかに言い澱《よど》んだものの堂々と澄んだ目を向けた。「ゆえにおれは墓穴掘りだ」

わたしは自分の顔が強張《こわば》るのを感じた。穴掘り請負い人といえば、人の罪や死に触れることから穢《けが》れた者とされていた。

「やはりそういう顔をされてしまうのだな。おぬしが懐紙をくれて、これでもうれしかったんだが。おれの汚れを拭《ぬぐ》おうなどと思ってくれる輩《やから》はそうはいない」

彼は自らを笑うようにそう言い、わたしは彼から感じる悲しげな気配のわけを知る。穴掘りの生業《なりわい》は代々受け継がれると聞いたことがあった。彼は、人の罪や死から逃れられない家に生まれたのだろう。そして恐らくは母もわかっていたのだ。わたしとは釣り合いの取れない相手だと。つまり彼は、わたしとは別の世で暮らす人だった。

「汚れなんて――あなた様は澄んだ目をされているではありませんか」

わたしは彼のわずかに驚いた顔に頭をさげ、母のあとを追った。そして翌日からは穴の近くを通らないように遠回りをしたが、石祠に通うのはやめなかった。彼との縁はなくても願うのまでは止められなかった。毎朝毎晩の拝礼で、わたしは信心深い父と母に並び、こうべを垂れて切に祈った。

彼と一緒にいられる世がありますように――。

凍《い》てつくような寒さのなか、時のある限り幾重《いくえ》にも、わたしは石祠に願い続けた。その祈りは少なくとも母にだけは少し届いたのか、ある朝、母が呆《あき》れ気味に呟いた。

「正月も近いしね。あの人に会いたいなら、行っておいで」

許しを得たわたしは、一目《ひとめ》でも彼に会いたくてあの道へと急ぐ。

だが、そこへ走り着いたわたしは呆然《ぼうぜん》となった。冬の地表のあちこちにあいた穴は七つになっていて、辺りは異常な様相となっていたのだ。

穴のかたわら、疲れ切った顔で穴を見おろしていた彼はわたしの眼差《まなざ》しを感じたのか、ふいにこちらを向いた。初めて会った日と同じ、悲しげな苦笑を浮かべた彼の表情から、笑みだけがゆっくりと消えていった。「——もう、掘りたくない」

と、彼の手から鍬が抜け落ち、代わりにわたしの手をとった。駆けだしたのはどちらからともなくで、そんなわたしたちは各々《おのおの》が抱えるものから、逃げだしたかったのかもしれない。

わたしたちは一日を共に過ごした。わたしの祈りは一日だけ叶えられた。正月前の賑わう市《いち》で、彼が梅の花飾りがついたカンザシを買ってくれた。

「正月が明けたら春だ」わたしの頭にカンザシを挿す彼は言った。「その頃に父様母様に会わせてくれないか。春が来たら、うちで共に暮らそう」

鈍い陽射ししか差さない凍てつくような日だったが、幸《さち》は人を温めてくれるのか、不思議とわたしは冷えを感じなかった。

そうして正月の八日目、長崎の市には着飾った遊女《ゆうじょ》らが練り歩き、露店が開かれ、人々が賑わうといった祭の華《はな》やぎは、家《うち》のなかにも微《かす》かに届いていた。

台帳を手にした役人がウチを訪ねてきたのは、そんなときだった。父は母とわたしに出かける支度をするよう促した。それからは役人の先導に従って先を歩く父母の後ろに、わたしはついてゆく。その道筋は彼が掘った七つの穴に通じていた。そして――、やがて見えてきた事態にわたしは思わず「ひっ」と息を吸い込む。

木から穴に向かって、ぐるぐるに縛られ逆さに吊るされた人々が苦しみ悶えていた。なかには二枚の板で蓋をされたかたちで、穴から足首しか見えてない者もいる。息も満足に吸えない穴底に沈められ、自分の血と臓物の重さで罰せられる。穴吊り、という死に至る拷問を初めて目《ま》の当たりにしたわたしは、父と母がそうしたように、俯いて通りすぎる一瞬だけ両手を組み合わせ彼らのために祈るしかなかった。

穴を掘り続けなければならなかった彼の苦しみがようやくわかった。

苦悶の呻《うめ》き声はその道を進むにつれて聞こえなくなり、やがて正月の人だかりの波に入っていった。奉公所へとできていた列に並ぶうち、父の姿を見失い、母はわたしの手を握りしめて繰りあがってゆく順番に備える。

一人、また一人と進む列を一歩一歩ゆくと、その先に幾人かの役人らが立っていて、そこには彼の姿もあった。前へ前へと順にあがってゆくうちに彼はわたしに気づき、それとわからないくらいの微笑みを向けてくれたが、わたしの顔は強張ってそれに応えられない。

そうして、いよいよ母の番になった。些《いささ》かとも動こうとしない母を見た彼の顔が、見る間に表情を失くしてゆく。役人らに引っ立てられてゆく母とわたしの繋いだ手がちぎれるように離れ、その間際、振り向きざまに母がわたしを励ますように強くうなずいた。

「――次っ」台帳で名を確かめつつ役人が声をあげ、自分の順番になったわたしは、そっと足元を見おろす。

床には、聖母マリアが刻まれた木版が置かれていた。

「ころべ、ころべ、ころべ、ころべ――」

周りの人々が動けないわたしを棄教《ききょう》へと囃《はや》したてるが、わたしは踏めない。

「踏んでくれ――頼む、お願いだ。お願いだ――」

喧騒に混じったその声は、向かいに立つ彼のものだった。その澄んだ目から涙がこぼれている。彼の目元は出会ったときのように薄《う》っすらと赤く染まり、わたしは溢れる涙をこらえきれずとも、精一杯の微笑みで懐の懐紙を彼に差しだす。彼がこれから感じるであろう汚れを拭い去ってほしかった。

キリシタン一家のわたしと、そんなわたしたちを葬る役の彼が結ばれるはずがない。

彼と一緒にいられる世がありますように――あれほど祈りを捧げた聖母マリアを踏みつけることなどできはしない。

西瓜　小林ミア

初出『5分で読める！　ひと駅ストーリー　夏の記憶　西口編』（宝島社文庫）

無人駅に降り立つと、冷房にさらされ続けた身体が夏の空気を思い出した。

東京から東北新幹線で二時間、更《さら》に単線に乗り継ぎ三十分ほどかかるこの場所は、見渡す限りの水田が広がる静かな町だった。

細い脇道を入り、杉に囲まれた砂利道を進むと駐車場が見えてくる。土地が広いせいか、この辺りの家は駐車場が大きい。

家の主《あるじ》は開け放されている窓から私を見つけると、笑顔を覗かせた。窓を掴《つか》み、縁側の段差を降りようとしている。私は慌てて駆け寄った。

「恵美《えみ》ちゃん。良く来たね」

「おばあちゃん、危ないから！」

「ごめんねぇ。すっかり脚が悪くなって——。ほら早く、上がって」

縁側から家に上がるという習慣を、私はここへ来るまで知らなかった。初めて訪れたとき、「この辺じゃみーんな縁側から入って来るんだよ」と笑いながら教えてくれたことを思い出す。

「勇次《ゆうじ》は相変わらず忙しいのか」

「ええ。今も出張でタイの方に。今年も顔出せなくて申し訳ないって」

「いいのいいの。忙しいなら何よりだ」

そう言って明るく笑うが、やはり私よりも孫である勇次に会いたいのだろう。部屋中に飾ってある写真は、どれも勇次とその兄・進一《しんいち》の幼い頃のものばかりだ。

「恵美ちゃんがしっかりしてっから、仕事に専念できるんだもの。勇次は幸せ者だ」

「いえいえ、私はお陰様で一人を満喫してますから」

「亭主元気で留守がいいいか」

顔を見合わせ笑った。

勇次の祖母、佐藤時江《さとうときえ》は明るい人だ。十三年前に夫が他界してからずっと一人で暮らしている。勇次の父——時江にとっての息子夫婦は市内では一番大きい町に住んでいて、ひと月に数回様子を見に来ているようだ。

お土産《みやげ》に買って来た舟和《ふなわ》の芋羊羹《いもようかん》を渡すと、時江は顔を綻《ほころ》ばせた。

「こんな美味《おい》しそうなもの、初めてだぁ。お父さんにも食べさせたかったなぁ」

「おじいさんかぁ。どんな人でした？」

「子供好きな人だったねぇ。うちのお父さんは」

よっこいせ、と、時江が脚を引きずりながら縁側に立つ。支えるように私も隣に並んだ。

「息子二人が小さい頃は仕事が忙しくてね。孫が出来て、それも男の子二人で。嬉しかったんだろうねぇ。よーく遊んでやってた」

腰を下ろし、時江は庭を指差した。小さな家庭菜園がある。

「この畑も昔はもっと大きかったの。夏になっとスイカがいっぱい生《な》ってねぇ、ここさ座って、お父さんと進一と勇次、競い合って食べてたんだ」

懐かしそうに細めた目を横から見つめる。真っ黒に日焼けした夫と小さな孫二人が畑にいる――そんな光景を思い出しているのだろう。

「勇次が一番スイカ好きでねぇ。食べ過ぎてお腹壊しても次の日になるとまた食べて――そういやここ数年、スイカが生らなくてねぇ。なんでかなぁって肥料とか変えてみたんだけっども、さっぱり」

でもね、と、時江が嬉しそうに私の肩を叩く。

「今朝、生ってたの！　一個だけ。こーんなちっちゃこいやつだけど」

両手で丸を作って大きさを説明する時江は、少女のようにはしゃいでいた。

「恵美ちゃんが来るの分かったんだべね」

爽《さわ》やかな風が吹き抜ける。この部屋にはエアコンはないが、風の通りが良いから涼しいのだろう。じめじめと湿った東京の部屋を思い出し、少しだけ憂鬱になった。

他愛もない話――主に勇次の子供の頃の話を聞いたりして、時間はゆっくり流れていった。時江の思い出の中の勇次はいつだって、やんちゃで手のかかる小さな孫なのだ。

「恵美ちゃん、日帰りだべ？　遅くなっから出た方がいいよ」

「本当だ、もうこんな時間」

立ち上がった時江が台所へ向かう。私はその間縁側で靴を履き、畑を眺めていた。

「お待たせ。これ、今朝穫れたスイカ。勇次に持ってってやって」

渡された紙袋の中身は新聞紙が被せてある。

「いいんですか？　せっかく一つだけ穫れたのに――」

「いいの。勇次はスイカ大好きだものね」

「ありがとうございます。また来年、来ますね」

そう告げた私に、時江は笑顔のままゆっくりと首を振る。ドキリと胸が鳴った。しかし、予想もしていなかった言葉が返ってくる。

「来年はもう、私はここには居ないの。介護老人施設だっけ？　そこにね、入るから」

まったく知らなかった。何と言えばいいのか分からず、私は言葉を探した。

「息子達が、ばあちゃんボケちゃったから心配だって、失礼なこと言うんだぁ」

明るく笑う時江に、私は何も言えなかった。

外まで一緒に出て来た時江が立ち止まる。乾いた手がぎゅっと私の手を握った。

「恵美ちゃん、元気でね。ありがとうね」

「――はい。おばあちゃんもお元気で」

振り返ると、時江は手を振っていた。私の姿が見えなくなるまで、ずっと。

夏の長い昼間がもうすぐ終わろうとしている。色の濃くなった空の下、私は砂利道を急いだ。ひぐらしの声が、静かな町に響き渡っている。

辺り一面に立ち込める線香の匂いの中、とある墓石の前で足を止める。若くして亡くなった夫婦の墓だ。今日、この地を訪れた本当の目的はここに来ることだった。

六年前、私の選んだ選択肢のすべてが二人を殺した。

その日は朝から体調が悪かった。すべてが間違いだったのだ。会社を休めば良かった。電車で行けば良かった。残業などするべきではなかった。車に乗る前に風邪薬など飲まなければ良かった。

もう少しで家に着くというときだった。見慣れた、細い住宅街の路地だった。朦朧《もうろう》としていた。蛇行運転だったのだろう。たまたま歩いていた男性は目の前からやって来る車の異常に気付き、隣にいた妻を庇《かば》うようにアスファルトの塀側へ避けた。そこに、私が突っ込んだ。

車と塀に押し潰された二人は即死だった。宮城県の大学で出会い、就職で東京へ越すと同時に結婚したという、幸せな二人だった。

墓に水を掛け、丁寧《ていねい》に拭き、線香をあげた。合わせていた手を下ろすと、ゴミ袋を抱えている女性が見えた。掃除をしているようだ。他には誰もいない。もう一度目の前の墓を見てから、私は目を伏せた。

佐藤家の墓――。ここは、佐藤勇次と、妻・恵美の墓だ。

事故から半年が経《た》った頃だった。納骨が済んだと聞き、この町を訪れた。時江の家に出向いたのは、直接謝罪したいと思ったからだ。門前払いも覚悟していた。罵倒されることも。現に勇次の両親は私との関わりを一切拒絶していた。

玄関の前で躊躇《ちゅうちょ》していると、「恵美ちゃん」と呼ばれた。思わず振り返った私に、時江は微笑んでいた。それが始まりだった。

時江は痴呆症なのだ。亡くなった恵美は私と年頃も近い。嬉しそうに話しかけてくる姿を不憫《ふびん》に思った。それから毎年お盆も過ぎたこの時期に、私はここへ来ている。私を恵美だと思うことが一人暮らしの老人の慰めになるのならと、そう思っていた。

しかし来年からはもう、時江に会うこともない。介護老人施設に入れば、私と時江の関係を介護士達に話さないといけなくなる。

もっとも、時江は私の――恵美のことなど忘れてしまうかもしれない。勇次の子供の頃の話は、毎年変わらない。舟和の芋羊羹だって、毎年渡しているのに覚えていないのだ。

ガサリとゴミ袋を揺らし、掃除をしていた女性が去っていく。私はぼんやりと袋の中身を見つめていた。

線香や枯れてしまった花の他に、白い紙皿や傷《いた》んだ果物などが入っている。最近では墓に供えたものはその場で食べてしまうか持ち帰るのがマナーだと聞いたことがあるが、老人の多いこの町では浸透していないようだ。皆故人の好きだったものを供えたままにして帰りたがる。――ふと、帰り際に時江から渡されたスイカのことを思い出し、紙袋を開けた。

被せてあった新聞紙をよけたとき、私は自分の間違いに気が付いた。

小玉スイカが丸ごと入っているものだと思っていた。お土産に持たせるのならそうするだろう。

しかしそこにあったのは、白い紙皿と、綺麗にカットされたスイカだった。ラップに包まれている。袋を持つ指先が震えた。

時江は分かっていたのだろうか。私が恵美ではないことを。これから墓参りに行くということを。分かっていて、スイカを切り、私に持たせたのだろうか。分かっていて、毎年私を歓迎していたというのか。大切な孫の命を奪った私を――。

慰めていたのは私と時江の一体どちらだったのだろう。

膝を着き、声を殺して泣いた。――どうか、どうかお元気で。ごめんなさい。さようなら、おばあちゃん。

ひぐらしの声が、静かな町に響き渡っている。

責めるように、慰めるように。

クリスマスローズ　咲乃月音

初出『5分で読める！　ひと駅ストーリー　冬の記憶　西口編』（宝島社文庫）

寒空の下、玄関先で肩を寄せ合うようにして植木鉢がようさん並んでた。数えてみたら十一個もあった。どしたんやろオカン。花を育てるんが苦手で、枯らしてしまうから可哀相って鉢植えを買うことなんて滅多になかったのに。いつか咲く日を待ってひっそりと佇《たたず》んでるコロンと愛らしい蕾《つぼみ》。クリスマスローズ？　鉢植えのラベルに書かれた馴染みのないその名前に首をかしげてたら、後ろからポンと肩を叩かれた。振り向いたら春子《はるこ》おばちゃん。二十年来の仲良しのご近所さん。お帰りってあたしに声かけて、ゆうちゃん帰ってきたでーって、自分ん家《ち》みたいにスタスタと中に入ってく。

「ゆうちゃんっ」

台所から菜箸《さいばし》片手にオカンがいそいそと出てきた。お帰りって、嬉しそうに笑うその顔を一瞬まじまじと見てから、あたしはやっと声に出す――ただいま。

今日はイブ。久しぶりにオカンと一緒のクリスマスを過ごしに戻ってきた。クリスマスはずっとあたしにとって特別で大切な日やった。それはオカンにとってもきっと一緒で。一卵性母娘《おやこ》って言葉があるけど、ほんまにひとつの卵から生まれてきたんとちゃうかなって思うぐらい仲のええあたしとオカンは誕生日も仲良う同じ、クリスマスイブ。お誕生日とクリスマス、ちいちゃい頃からの二ついっぺんの嬉しい日。メリーバースデーって言いながらのプレゼント交換。オカンからのプレゼントはいっつもあたしの欲しいもんぴったりで。あたしが中学生になって初めてのクリスマスには、それまでの肩たたき券や手作りのフェルトのマスコットの代わりに、お小遣いを貯めて初めてお店で選んだプレゼント。包みの中から出てきたふわふわのモヘアのミトンに、いやぁ、かいらしい、ありがとうってオカンはとろけそうな顔をした。

そんなクリスマスがずっと続いてくもんやと思うてたし実際続いた。あたしが東京で働き出すまでは。初めの頃はやっぱり大阪が恋しいて、しょっちゅうオカンに電話したりしてたけど、新しい街、新しい仕事、新しい友達、目新しいものに囲まれて目まぐるしく過ぎる毎日の中でそれも段々間遠《まどお》になって。クリスマスに大阪に帰ったんも最初の年だけ、クリスマスどころかたまに週末にとんぼ帰りするだけ、そんな風にそれから二年が過ぎた。相変わらず毎日いっぱいいっぱいのあたしからオカンに連絡することももう滅多になくなって、オカンからの留守電やメールも貰いっぱなしってことも珍しくなくなって。気にはなってた。なってたけど、相変わらずオカンがマメに知らせてくる近況はいつも楽しげで、淋しそうな気配なんてないんに、機嫌ようしてるんやなって思うてた。いや思おうとしてた。そうやって、心のどっかでほんまは感じてたオカンをほったらかしにしてる自分への後ろめたさに気付かんふりしてた。

けど今年のあれはまだ梅雨《つゆ》の頃、突然留守電にしょぼんとしおれたオカンの声が残ってた。今年のクリスマスはどないすんのん？　って。気付かんふりしてた後ろめたさにいきなり胸倉を摑まれた気がした。その晩すぐオカンに電話した。今年は帰るよって。ほんまに？　って何べんも嬉しそうに訊《き》き返すオカンに、うん、ほんまって答えるあたしの声も嬉しく弾《はず》んだ……のに。

また四、五日後、オカンからメール――今年のクリスマスはどないするのん？

へ？　って、思いながらあたし返信――帰るよー。こないだ電話で言うたやん。

しばらくしてオカン――ごめん、ごめん、嬉しいて、ついまた確かめてしもた。

その返信にオカンてばって笑《わろ》うたあたしやったけど、それからもしばらく間をおいたらまた繰り返し同じようなことを訊いてくるオカンに、帰るって何べんも言うてるやんって、ついにあたしはささくれた声を出してしもた。そんなあたしにごめんって、電話の向こうでめそめそした声になったオカンの様子に胸をつかれた。ずっと母娘ふたりの生活、しんどいこと辛いことときっと色々あったやろうに、あたしの前ではいつもカラリと明るいオカンやった。そのオカンのそんな声は初めてで。そんなに淋しい思いをさせてしもてたんやって、情けない思いに胸がしぼんだ。

そんな思いと一緒の帰宅。コートを脱ぎながらゆっくり家の中を見回す。あたしがいてた時間といてへんようになってからの時間、その両方の気配を探しながら。そのあたしの目が周りから浮き立った色の上にとまる。派手なピンクのステッカーメモ。電話の横の柱、テレビの画面の隅っこ、水屋《みずや》の取っ手の上。季節外れの迷子の蝶々のようにあちこちに不自然にとまったそのメモの一枚を手に取ってみたら『クリスマスはゆうちゃんと！』見慣れたオカンの丸っこい字でそう書かれてた。

ちょっと変――久しぶりの実家はええやろってニコニコする春子おばちゃんに、ええけど……って言いよどんでから、ぽろっとそう言うてしもたあたしに、何が変やのって蜜柑をむいてた手を止めて春子おばちゃんが目を丸うする。

「だってクリスマスどないすんのんって何べんもしつこかったし、戻ってきたらあっちゃこっちゃにこんなメモ貼ってあるし……」

ふうと洩れたあたしのため息で指先のステッカーメモが軽くふるえる。

「殺生《せっしょう》なこと言いないな。ゆうちゃんが戻るん、ものすご楽しみにしてたんやで」

「そやけど……。お母さん、最近なんかあったんかな？」

いや、ないないやろって言いながら、春子おばちゃんがまだ白いすじだらけの蜜柑を慌てたように口に押し込む。いつもはしつこいほど丁寧に白いすじを取んのに。

「やっぱり、なんかあったん？」

あらへん、あらへんって言いながら、春子おばちゃんの目が泳いでる。

「そう言うたら玄関の鉢植えも。お母さんが鉢植え買《か》うってだけでも変やのに、あんなによううさん。おばちゃんもおかしいと思えへんかった？」

うーんと春子おばちゃんが唸る。

「言うて。なんか知ってるんやったら」

ひたと当てたあたしの目を避けるようにして春子おばちゃんが俯く。

「あの鉢植えはなぁ、八重《やえ》ちゃん、花言葉を聞いてつい買うてしもてって」

「花言葉？」

「うん……わたしを忘れないでっていう花言葉」

ずしん。その言葉があたしの心を重くひびかせた。そこへオカンが台所から出てきた。うちのクリスマスの定番であたしの大好きなクリームシチューが入った小皿片手に。思わずガタンと立ち上がる。ちょっとお味みてくれへん？　久しぶりやから失敗したかもって笑うオカンに、あ、あたし、ちょっと駅前行ってくる、買い忘れたもんがあったって、ぎくしゃくとあたしは玄関に向こうた。いたたまれへんかった。ちょっとだけ時間が欲しかった。玄関先のクリスマスローズからは目をそらせたけど、その声が聞こえたような気がした。わたしを忘れないで――どんなこと思うて。それはきっと、あっと言う間にまともに連絡も寄こさんようになったあたしのことを思いながらで。鉢植えを手にひとり家に向かうオカンの後ろ姿が浮かぶ。そんなに淋しがってたやなんて。冬を忘れたきりぎりすみたいにあたしが東京で過ごしてた間に。

そんなことを思いながらだらだらと歩いてたらいつの間にか駅前やった。気いついたらコートも着ずに出てきてしもてて、駅前をビュンと抜けるビル風に思わず身をすくめる。身体が冷えたらちょっと頭も冷えた。オカンの顔が浮かぶ。何してるんやろあたし。こんなことしてる間に、淋しい思いをさせた分ちょっとでも埋め合わせせなあかんのに。駅前のワインストアで奮発してちょっとええシャンパンを買うてあたしは家へと向こうた。さっきとは反対に急《せ》かされるような早足で。

　ほんの一時間ほどやったのに薄く夕暮れはじめた中、うちの家の前でウロウロしながら待ってた様子の春子おばちゃんがあたしを見るなり駆け寄ってきた。

「八重ちゃん、心配やからってゆうちゃんのこと追いかけてって、もうだいぶなるのにふたりとも戻って来えへんし……うちはここでゆうちゃん待っといてって言われたけど、やっぱり一緒に行ったらよかった」

　オロオロしてる春子おばちゃんとは裏腹に、何事かと一瞬こわばったあたしの身体から力が抜ける。

「なあんや、そんなん、大丈夫やん。もう戻ってくるやろ。お母さんもやけど春子おばちゃんも大層やわ。ちょっと駅前までやのに」

「大丈夫やないんよ、ゆうちゃん」

　半分笑いながらのあたしの言葉を春子おばちゃんがもどかしそうにさえぎった。

「ぜんぜん大丈夫なんかやない。八重ちゃん、あんたのお母さんな、多分アルツハイマーなんや」

駅までの道にも駅前にもオカンの姿はなかった。オカンを探してるつもりのあたしの目が周りの景色の上をするりと上滑りしてるだけのような気がするのは、さっきの春子おばちゃんの言葉がまだ頭の中でぐるぐるしてるからで。

初めて春子おばちゃんがあれ？　って思うたのは今年の春ぐらい。家のすぐ近くのバス停のベンチで心細そうにじいっと座ってるオカンに、たまたま通りかかった春子おばちゃんが声をかけたらオカンは泣きそうな顔になって。しょんぼりと春子おばちゃんの後ろをついて歩くオカンの姿に、職場でなんか嫌なことでもあったんかも、そっとしとこって、強《し》いて何も訊かへんかったらしいけど、それからも同じことが二へん、三べんとあって、さすがに春子おばちゃんが、どないしたんって訊いたら、家に帰る道がわからへんようになった、えへへって、笑いきれんと泣き出したって。それからどんどん、聞いたことも言うたことも、されたこともしたことも、ぽつりぽつりと開《あ》いた穴からすりぬけるみたいにしてオカンの中から消えてくようになってった。

初めてクリスマスローズの鉢植えを買うてきたとき、花言葉を聞いて思わず買うてしもてんって両手の中のそれを大事そうに眺めながらオカンは言うたらしい。わたしを忘れないでっていう花言葉やねんて、もしうまいこと咲かせられたら、もうこれ以上、わたし自分を忘れんですむかもって。

わたしを忘れないで——それはあたしへの言葉やなかった。それは『お願いわたし、わたしを忘れないで』っていうオカンが自分自身へと宛てた切ない願いをこめたメッセージ。そんな思いも願いも時間がたてばまたするりとオカンの中から消えてって、買うたことを忘れてまた新しい鉢を買うてきてしもて。繰り返すオカンの願い。増えてく鉢植え。消えてくオカンの心。早うオカンを見つけたかった。その手をしっかり握りたかった。

心からあふれ出しそうな気持ちに急かされながらまた駅前に戻ったら、改札口の前、オカンがポツンと立ってた。両手で肩を抱いたその心細そうな後ろ姿。

「お母さんっ」

あたしの声に振り返ったオカン、一瞬泳いだ目があたしをとらえた途端、嬉しさがこぼれ出したような笑顔になる。

「よかった、ちょうど会えて。そろそろ東京から着く頃かなって思うて待っててん」

東京から？　頭が一瞬真っ白になる。覚えてへんのん？　あたしが家に帰ったこと。

「どないしたん、そんな顔して……お帰り、ゆうちゃん」

あたしは思わずオカンに抱きついた。ただいまって、やっと出した声が掠《かす》れる。わたしは忘れへんから、オカンが忘れてしもたって、あたしはオカンのこときっと忘れたりせえへんから――、そう心の中で繰り返すあたしに、いつか咲くクリスマスローズの姿が見えた気がした。

夏の幻

深沢仁

初出『5分で読める！　ひと駅ストーリー　夏の記憶　東口編』（宝島社文庫）

祓《はら》い屋という職業が実在していることを、殊更声高《ことさらこわだか》に主張しようとは、私も思わない。しかし実際に、この世界の片隅にはたしかにいるし、私たちが必要な状況というのも、まだなくなってはいない。

繁忙期は夏である。盆休みは特にひどい。

普段はちがう仕事をしている私にも、この時期だけは、ほぼ休みなく依頼が入る。今年もそうだ。

蝉《せみ》が鳴いている。太陽が人々を蒸し焼きにしようとしている。急な坂道をのぼり、このままいけば気を失うんじゃないかと思ったとき、やっとてっぺんに着いた。

「ここですね」

となりで助手がつぶやく。彼は民俗学の研究をしている、私より二十歳ばかり歳下の大学生で、どこに行くのにもついてくる。

「十字路に建つ家ですか。立地も悪かったのかもしれませんね。辻は冥府《めいふ》との境界と言いますから」

「君は——、暑くないのか」

私は息を切らせて言った。おなじような着物を着て、おなじように急な坂道をのぼってきたのに、助手は汗ひとつかいていない。

助手は「暑いですよ」と涼しい顔で返してから、茶色い革の手帳を開いた。

「十二歳の女の子が、突然行ったこともないお祭りや海の話を語り出したそうです。口調もまるで別人で、不気味だと。最初は正気に戻ることもあったみたいですが、いまでは完璧に乗っ取られて、口を開けばだれかさんの思い出話をするそうです」

「もともと病弱で、家に籠りがちな娘だったそうだから、そこらを彷徨《さまよ》っていた魂を引き寄せたんだろう」

私は呼吸を整え、姿勢を正した。助手がチャイムを押す。はい、と出たのは母親だろう。「祓い屋です」と助手が無愛想に返す。

「わざわざ来ていただいてすみません、もうどうしたらいいか、私、もう……」

玄関で顔を見るなりそう言うと、母親は額に手をあてた。

「ずっと意味不明なことを言ってるんです。夏祭りがどうとか、海に行ったとか、事細かに。でもあの子は昔から身体が弱くて、海もお祭りもほとんど行ったことがないんですよ。もう怖くて怖くて……。お医者様にも匙《さじ》を投げられました。それで私、馬鹿らしいと思われるのを覚悟で、そちらにご相談を……」

「この時期にはよくあることです」私は安心させるために微笑んだ。「娘さんに会わせていただけますか」

清潔な家だった。湿気が溜まるかんじもないし、家になにかが憑《つ》いているわけでもないだろう。予想どおり、迷った霊がいい容《い》れ物を見つけて入っただけの話らしい。

「簡単に祓えそうですね」と助手が小声で言った。私は頷く。

母親は、力ない足取りで階段をあがると、手前の部屋をノックしてドアを開けた。

「――そして、手を繋いで、神社の階段をのぼったの。浴衣《ゆかた》を着てた。藍色で、私はもっと明るい色がよかったんだけど、お母さんがだめだって。赤い提灯がざあって並んで、光が浮いているみたいで。焼きそばの匂いがして、お腹が減って、でも綿あめを食べたのね。甘くて、ふわふわのやつ。金魚すくいをしようとしたら、かわいそうだからやめようよって、あなたはそう言った……」

クーラーがほどよく効いた明るい部屋だった。ベッドの上に上半身を起こして、遠くに視線を向けている痩せた少女が、なにかに憑かれている娘らしい。

私たちが入っても、少女は振り返ることすらせず話を続けた。私は少女の横顔をじっと眺める。金魚がかわいそうとは、微笑ましい理屈じゃないか、と思う。

「ずっとこうなんです」母親が絶望的な口調で言う。「誓ってもいいわ。この子の言う夏祭りなんて、絶対に行かせたことありません。だいたいこの子暑いのは苦手で……」

「――花火は八時から。がんばっていい場所探して、そうしたら、花火が私たちに降ってくるみたいで。どおん、どおんって、嘘みたいに綺麗で、泣いちゃったの……」

「花火なんて、窓から見たことしかないわ！」

母親が絶叫してふらついた。助手が片手で支えると、それに縋《すが》り付くようにして、私を見上げた。

「どうか、娘を元に戻してやって下さい。お金はいくらでも払います。どうか――」

助手には母親についているよう命じて、私だけ残った。ドアを閉めても、少女はやはり気に留めない。ふたりきりになったことに警戒することもない。

こういうのを相手にするとき、手順は決まっている。

話を合わせて、憑いているほうと会話して、名前を聞き出す。

名前は、すなわち正体だ。それを呼べば、憑きものはこの身体から出ていく。

憑きものが人間で、人語を喋《しゃべ》る状態なら、わりと簡単な作業である。

「――だから最初のキスは夏祭りの帰りよ。ずいぶん遅くまでおしゃべりして、暗くなって、慌てて帰ろうとして。もう露店は閉まってて、りんご飴が食べたかったなあって私は言った。そしてまた階段を、手を繋いでおりてね、自転車に乗る前に……」

鞄を開けて、取り出した香皿の上に香を置き、マッチで火をつける。白檀《びゃくだん》の香りがゆっくりと部屋に広がる間、私は語り続ける少女を眺めた。それから息をついて、学習机のイスをベッドの脇に寄せる。

そして少女の左手を取った。ちいさくてひんやりとした、子どもの手。私の左手にある数珠《じゅず》にも、相手は動揺しなかった。

「――自転車のふたり乗りして帰ったら、クラスの子に見られてからかわれた。休みが明けてクラスに行ったら、お前ら夏祭りでデートしとっただろ、デートって……」

少女はそう言って、くすくすと笑う。幸福で軽やかな笑い方につられて微笑みながら、私は口を開いた。

「海にも行ったことがある？」

途切れることなく喋っていた少女が口を閉じた。こちらは見ないが、声は聞こえているようで、話す内容が変わった。

「早起きして、私、お弁当を作ったの。近所だとまた見つかっちゃうから、電車で遠くに行こうって。膨らませたうきわを持って駅に行ったら、笑われた……」

「暑い日だったね？」

「すごく。私、買ったばかりの麦わら帽子にワンピースを着ていた。トンネルを抜けて海が見えたとき、覚えてる？　きらきらしてた。お陽さまの粒がぜんぶ海に沈んでるみたいに。駅に降りると潮の香りがした。私ね、貝がらを集めたくて、お菓子の缶を持っていったの」

「貝がらは拾えた？」

「たくさん」少女は心底幸せそうな笑顔で頷いた。「でも、がんばりすぎて、岩場から落ちちゃったのね。ちいさなカニにおどかされて……」

「岩場にカニがいたんだ？」

「そう。ちいさいやつだけど。それで、足を滑らせて……」

「岩場から落ちて、足をくじいたんだね」

「そうなの。それで、そのあとは台無しよ。うまく歩けないんだもの」

「だから僕は、君に肩を貸して、延々と駅まで歩いた」

少女の手が、びくりと動いた。ぎこちない動作で私を振り返る。初めて目が合った。

「台無しは、ないだろう。僕は楽しかったよ。左手に缶を抱えて、右には君がいた。途中で、君の帽子が飛ばされたりしてさ……」

私は囁《ささや》くように言う。少女の瞳にみるみる涙が溜まり、溢れた。白い頬に滴《しずく》が落ちる。少女は私の左腕を摑んで、着物に額を押しつけるようにして泣いた。

「どうして――」

「うん」

「どうして、あの夏に帰れないの」

「どうしてだろうね」

右手で髪に触れる。目を閉じると、彼女が浸《ひた》っていた夏が私にも見えた気がした。

夏の匂い。手ざわり。温度。

「君はここを離れなくちゃいけないよ」私はなるべく優しく諭《さと》した。「この子は身体が弱いんだ。これ以上は耐えられない。お母さんも困ってる」

「怒ってるの？」

「怒ってないよ、だれも」

「会いたかったの。好きな人に、会いたかっただけなの。ひとりでいるのは、いやだから……。怒らないで……」

涙を流したまま、少女が私を見上げた。懐かしい瞳だった。私は覗き込むようにして彼女を見つめて、ゆっくりと名前を呼んだ。

愛《いと》しくて、恋しい響きがした。


家の前の坂道には、相変わらず容赦のない日射しが注いでいた。うんざりするが、下るしかない。

「先生って――」助手は私を先生と呼ぶ。たまに、大学に非常勤講師として行くことがあるからだ。「作り話がうまいですよね」

「それは褒め言葉だろうな」

「あなたが毎回、憑きものの話に合わせて、あたかも旧《ふる》い友人のように振る舞って名前を聞き出す術には、脱帽します」

「君に言われると素直に喜べないのは、いったいどうしてだろうか」

「今回もいつものように、となりで聞かせてほしかったと言ってるんです。ヒステリィな母親の付き添い役は疲れたんですよ。どうして僕を追い出したんですか」

「特別な理由なんざないさ。日頃の仕返しだ」

かつ、かん、とついてきていた下駄が、ふと立ち止まった。私は振り返らない。

「夏の思い出話をする少女の霊って、数年前にも出ませんでした？」

「――さあな。私は知らんぞ」

「夏祭りと初恋、だったかな……。帰ったら資料をあたってみます」

「君ね、研究ばかりしてないで、たまには異性と出かけたらどうだ。夏休みなんだぞ。私なんか若い頃は、女性と遊びほうけていた」

「先生が相手にされる時代もあったんですね」

私は笑った。はるか昔の話だ、と思う。はるか昔、たしかにあった。

右肩に感じた、彼女の体重と温度。夕暮れの砂浜。

私は生きているから、おなじ夏に留まることはない。

「まあ、いつかまた」

私はつぶやく。蟬が鳴いていた。夏の匂いがした。

二人の食卓　里田和登

初出『5分で読める！　ひと駅ストーリー　冬の記憶　西口編』（宝島社文庫）

娘が首を吊っていた。境内《けいだい》の神木に縄を括《くく》って。心臓がまだ動いていたので、私は台所の鍋の火を消してから、一一九番に電話を掛けた。私は娘が死にかけていてもなお、火元を気にする余裕がある。普通の母親ならば、きっとこうはならないだろう。

全ての始まりは、千四百年以上前にさかのぼる。当時私の先祖は、土着の神々をとても強く、強く信じていた。穢《けが》れを恐れ、清らかな水が溜まる山内で密かに暮らしていた。その頃、大陸から強大な信仰がやってきた。国はその信仰をしなやかに受け入れ、千と一つの社《やしろ》が建てられた。私の先祖も負けじと土着の神を崇《あが》める社を建て、外来の信仰を挑発した。我々は死後、霊魂になるのだ。まずは猪、続いて鼠——そんな風に巡りに巡る、輪廻《りんね》の業《ごう》など馬鹿げていると。

結果私の一族は信仰の怒りを買い、一つの呪いを掛けられた。それは人生のとある期間を繰り返し続けるというもの。私の場合は、十七歳の六月一日から三十日までの間。私は梅雨《つゆ》のじめじめした時期を、気の遠くなるほど繰り返した。この輪廻を模した巡りの苦痛を受け入れ、悟りに達して初めて、私たちは元の時間の流れに戻ることが出来る。土着の神を崇める立場でありながら、強制的に外来の信仰の究極の形を強《し》いられる——ご先祖様はさぞかし屈辱を味わったことだろう。

何があろうと、子種は仕込まれ、何があろうと、生まれる子供は女の子だった。それ故、私の祖母や母は、娘が生まれる限りは、呪いが続いていくものと考えていた。

私も例に漏れず娘を授かり、彼女は十五歳の冬、運命の時を迎えた。私たちは遠くで響く除夜の鐘を、最後まで聞き終えることが出来なかった。娘はどうやら、十二月一日から十二月三十一日の間を周回するようである。

「寝ぼけているの？　まだ十二月になったばかりよ」

私は朝、お年玉をねだりにやってきた娘に白々《しらじら》しくそう言った。娘の戸惑いはその表情から明らかだった。時が巻き戻ろうが、娘には巡りの記憶が丸々残る。一度悟りに至った私にも、同じく記憶が残る。

娘に事情を話すわけにはいかない。私の一族は長い呪いの歴史の中で、一つの知恵を身につけた。それは、迅速に悟りに至るには、当人が孤独でなければならないということ。理解者がいない方が、苦痛の時がより短くて済むのだ。全ての告白は娘が巡りに打ち勝ち、次なる呪いの子を孕《はら》んだ直後に行うことになる。

それゆえ私は、細心の注意を払う。巡りの自覚が無いため、娘の干渉がない限り、世間の人々は一ヶ月間、同じ行動を繰り返す。私もそうでなければならない。娘の同じ類《たぐ》いの質問には、私は初耳のように振るまい、一定の答え方をする。

また私は食事の献立を、一ヶ月単位で考えている。毎月一日の朝食はひじきと豆腐、小松菜のお浸し。七日の夕食は、刺身とつみれ汁、きんぴらごぼう。季節によって旬《しゅん》の食材の入れ替わりはあるが、三十一日分、全九十三回の献立は、決して変えることはない。これならば巡りの開始に、焦って過去の献立を思い出す必要がない。私はただ、流れ作業をこなすだけ。前回の大晦日《おおみそか》は蕎麦《そば》だったのに今回はスパゲティが出て来た、などという不意打ちで娘を混乱させてはならないのだ。

一度悟りに至った私にとっては、時が巻き戻ることなど些細《ささい》なことだ。心を砕くこともなく、随《まにま》に体を委《ゆだ》ねれば、時は瞬《また》く間に過ぎていく。それに、繰り返される時の中にも、小さな喜びはたんとある。例えば、十二月十九日には必ず雪が降る。その雪の粒を境内から、鳥居のしなびた赤との対比を愉《たの》しみながら、ぼんやりと眺める。すると、だんだんと時間の境界が曖昧《あいまい》になっていく。そうすれば、しめたものだ。時は私の術中にはまり、私の前から遠ざかっていく。

だが現状を把握出来ない娘にとっては、生き地獄そのものだろう。事実、巡りの数が二桁を越えたあたりから、娘は徐々に荒れ始めた。私が素行を注意すると、娘はぶっきらぼうにこう言うのだった。

「お母さんには、あたしの辛さなんて分からないよ」

正常な母親ならば「分かるわ。本当は全部知っているもの」と心の中では苦悩したりするものかもしれない。残念ながら私は、事情が分からないのではなく、分かった上で、なおかつ娘の辛さの芯が分からない。幼い頃、私は気性が激しい子供だったが、今はありとあらゆるものへの執着がなくなってしまった。それ故、娘への強い固執《こしつ》もない。もちろん愛はあると思う。ただ、他のものへの愛と同じだけ。私は娘と同じくらい、夜の灯りに集まる羽虫も愛《いと》しいと思う。私にとって個別の名前は、意味があるものではない。

巡りの数が二十回を越えたあたりから、娘は夜遊びを繰り返し、口には出せないような非行にも走るようになった。私の三十二回目よりもずいぶん早い。私は「私は母親。ならば反応はこのように」と計算式を解《と》くように娘に対応した。具体的には右手にスナップを利かせ――振り下ろす。次の瞬間、娘の頬がぴしゃりと鳴る。

「ばかばかしい！　どうせ何もかも忘れるくせに！」

娘は捨て台詞《ぜりふ》を残し、自室の扉を乱暴に閉めた。まだまだ、先は長い。

巡りの数が五十を超えた。娘の破綻は一目瞭然だった。何度か自死を選び、三十一日の最終日を待たずして、時が巻き戻ることもあった。強い悲しみよりも、懐かしさが先にきた。私の最初の自死は百九回目。娘はあらゆる面で早熟だ。

私たちは何度もぶつかり、私は時に激しく、口汚く罵《のの》しられた。

「あたしがおかしい？　おかしいのはあんたのほうだ！　どうせバカみたいに忘れるから、今こそ言わせてもらうわ！　あんたは誰にでも公平に優しい！　でもそれは、あたしには全然優しくないのと同じなんだ！」

これは百二回目の十二月二十日、夕食の風景。私はその日、娘に殺された。娘は包丁を片手にわめき散らした後、冷凍庫の奥から何かを取り出し、投げつけてきた。

「食事がいつも決まってる！　あんたは昔から、機械みたいだ！」

その何かで私は額を切り、血まみれになった。その後の記憶が全くない。きっと包丁で刺されたのだ。そして私が不在のまま時は過ぎ、十二月一日に巻き戻ったのだろう。刺された時の痛みは覚えていないが、娘の言葉は私の心に深く刻み込まれた。

私を殺《あや》めた後悔からか、娘は翌百三回目の巡りから急に優しくなった。この頃から、私は食事を今までよりも少しだけ丁寧に作るようにした。とはいえ、そのことに気づかれては困る。母親の変化に答えがあるという誤った思い込みを娘がしてしまう恐れがあるからだ。私は気づかれない程度を心がけ、丁寧に、丁寧に食事を作った。

「あれ、おかあさん。お味噌汁、味付け変えた？」

「いいえ。いつもと同じよ」

「そうだよね……」

落胆する娘は少し可哀想だったが、気づいて貰えたことが嬉しかった。

娘は読書にのめり込むようになった。しばらくの間、その知識の暴力は私に向けられ、難解な言葉で私を制圧しようとした。程なく、私は一人で食事をすることが多くなっていった。きっと私には歯ごたえがなかったのだろう。娘がいない時も、私はいつも通りの献立をたんたんとこなす。私はいつものように味噌汁の出汁《だし》を取る。二人分の味噌汁を並べ、二人分の味噌汁から立ちのぼる湯気を一人で浴びる。

　巡りの数が二百五十に到達した。食器洗いを手伝う娘の目を見ながら私は思う。心の中が磨かれつつあるようだと。とある日の夕食には「いつも美味《おい》しいご飯をありがとう」と、照れながら私への感謝を述べた。とは言え、まだまだ先は長い。娘は私が掃除のために部屋に入るのを、未だに少し煙たがる。私を区別して、一つの意味を感じているわけだ。早く私を空気のように感じてくれればいいなと思う。放浪癖も相変わらずだ。ふらりと旅に出て、一ヶ月丸々帰宅をしないこともあった。

　巡りの数が五百を越えた。家出から戻ってきた娘が、開口一番こう言った。

「何が必要かは分からない。でも何も必要ではないのかもしれない」

「そう」

「何かが分かった。でも、何も分からなくてもよいのかもしれない」

「そう」

　娘はその日から、部屋のものを定期的に廃棄するようになった。ものに対する執着がなくなったのだろう。巡りの度《たび》に部屋は元通りになるが、娘はその都度に部屋の余計なものを片付けた。執着を一つ失うと、それだけ体が軽くなる。

　巡りが七百に到達した。娘は私の干渉を意に介さなくなった。居場所に意味を感じなくなったのか、遠出をすることもなくなった。娘だけにしか分からない不思議な行為も増え出した。例えばそれは、茶碗に残った一粒の白米を、長時間じっと見つめ、最後に笑顔で口に入れるといったもの。娘だけの世界が、形成されつつあるようだ。

巡りに巡り、九百回目の十二月十九日。私と娘は向拝《ごはい》の下に横並びで座り、無言で雪の降るさまを眺め続けた。白一色の中で育《はぐく》まれる静寂の時を前に、私はもはや巡りの数を数える必要がないことを悟った。私たちはたんたんと、日々を繰り返した。

たぶん、おびただしい程の時が過ぎていったと思う。気がつけば、私たちは二人で向かい合い、除夜の鐘を最後まで聞いていた。

元旦の明け方。深夜から賑わいを見せていた初詣客が落ち着いてきた最中、仮眠を取っていた娘が台所に降りてきた。娘は呪いの終わりを喜ぶこともなく、私に慈愛に満ちた視線を送ると、静かに席に着いた。巡りの数を意識しなくなったあたりから、娘は鏡の中の私と同じ目をするようになった。その頃から、私の胸も静かに痛む。

「ご飯、食べる？」

「……はい。いただきます」

「何、その喋り方。変な子ねえ。この一ヶ月ずっと変」

私は娘に茶々《ちゃちゃ》を入れつつ、机の上に料理を並べた。微笑みつつ、配膳を手伝ってくれる娘。一月一日の朝は忙しく、朝食は毎年決まって、取り置きの料理を使う。十一月の終わりに冷凍をしておいたこの――ラップにくるんだカレーライス。そう言えば昔、娘に殺される直前、私はこの塊を投げつけられたような。

全てが曖昧《あいまい》になった世界で、私たちは三万日ぶりのカレーを味わった。

「一ヶ月前ぶりでしょう。味は大丈夫？」

「うん。……懐かしいな。おかあさんの……カレー」

一瞬何が起きたのか分からなかった。娘が机に突っ伏し、声を殺して泣き始めたのだ。その声は次第に大きくなり、最後はまるで子供のように。唖然《あぜん》とした。まさか悟りに至った娘が、こんな泣き方をするだなんて。私の献立は一ヶ月単位で考えられている。十一月は三十日で終わり、かつ大晦日は特別なものを食べるため、通常の三十一日目の献立は元旦の朝のためにと、作るだけ作って冷凍して寝かせておくのが通例だ。つまり娘は私のカレーを、長らく食べることが出来なかったことになる。でもそれが何だというのだ。私にはよく分からない。分からない方が楽だと、心の中が言っている。でも、これは、だめだ。娘が大声で泣いている。その意味が、分かる。ああ、私にも分かってしまう。そうか、私の娘は、私の味をちゃんと覚えていてくれたのだ。

「……たかが一ヶ月ぶりじゃない。本当に、変な子ね」

私の声はひどく震えていた。「そういう、おかあさんだって」と娘がぐしゃぐしゃの笑顔で、私の頬を拭《ぬぐ》ってくれる。

十年後、優美は女の子と――男の子を同時に産んだ。

精霊流し　佐藤青南

初出『5分で読める！　ひと駅ストーリー　夏の記憶　東口編』（宝島社文庫）

あちこちで破裂する爆竹の音に怯《おび》えたように、悠太《ゆうた》がしがみついてきた。背後を振り返るのも怖いという感じで、私の腰のあたりに顔を埋める。

「なんや、悠太。怖いとな？」

私がからかうと、小学一年生にしては小さな頭が左右に動いた。

「怖くなかもん」

「綺麗やろう。見てみらんか。綺麗か綺麗か、本当に綺麗か」

人だかりの向こう側を指差しても、悠太は頑《かたく》なだった。

白い煙幕が立ち込める夜の交差点を、無数の切子《きりこ》灯籠《どうろう》が横切っていく。子供のころから慣れ親しみ、一度妻子に見せたいと願っていた光景だった。なのに、息子は顔を上げようとしない。

私は苦笑しながら、隣に立つ横顔を見た。妻の智子《ともこ》は圧倒された様子で、交差点を見つめている。私は少しだけ誇らしい気持ちで、妻と同じ方向に目を向けた。

交通規制された広馬場《ひろばば》の交差点は、ホイッスルに合わせた「なまいど、なまいど」という勇壮な掛け声と、連続する破裂音で騒然となっていた。竹と藁《わら》で作られ、切子灯籠で飾り付けた幾隻もの船が、観衆に見せつけるように交差点を何周かしては、流し場の海岸へと消えてゆく。多くは各町内会で金を出し合って作られた船だが、初盆《はつぼん》を迎える家が個人で出したものもある。

毎年八月十五日には、長崎県各地で精霊流《しょうろう》しが行われる。その中でも、島原《しまばら》地方の精霊流しは独特だ。精霊船を水辺の流し場まで運ぶのは同じだが、ほかの地方では車輪をつけた船を押して街を練り歩くのに対し、島原では十数人の男衆で船を抱えて移動する。歩きながら船を上下に揺する男衆の動きは、観衆の多い広場まで出るとさらに大きくなり、両手をいっぱいに伸ばして船を高々と持ち上げたりもする。そのためバランスを崩して船が横倒しになり、流し場まで辿《たど》り着けないというアクシデントもしばしばだ。死者の御霊《みたま》を弔《とむら》う儀式としては、いささか厳《おごそ》かさに欠けるかもしれない。

長崎の街で生まれ育ち、長崎の精霊流ししか知らない妻子が、自分の知っている精霊流しとは違うと驚くのも当然だった。

私はこの四月から、故郷である島原の小学校に赴任した。異動にともない、妻子とともに長崎から引っ越してきた。

「ほら、悠太。大きかとの来たぞ」

地元の有力者が個人で出した精霊船は、これまでの中でもっとも大きかった。船体の長さは、十メートル以上あるだろう。担ぎ手も大勢だ。激しく上下する船体がぐらりと傾き、沿道の観衆から喝采と悲鳴を浴びている。

「長崎のとはぜんぜん違うやろう。あっちのは提灯《ちょうちん》で、こっちは切子灯籠やしな」

なんとか息子の興味を引こうと話しかけていると、「先生！」横から声がした。

田辺久美《たなべくみ》と横川《よこかわ》めぐみが、手を取り合っていた。担任する六年二組での、私の教え子だった。

「おまえたち、本当にいつも二人一組やな」呆《あき》れながら指摘すると、田辺が頷いた。

「もちろんよ。私たち親友やもん。ね」

「ね。いつまでも一緒」目配せを交わし、二人で微笑み合う。

「そういや、おまえたちは家も近所やったな」

「うん。二人とも同じ町内。二人ともバレーボールクラブに入っとって、二人ともお父さんが漁師と。同じ船に乗っとるとよ」

田辺の言葉に、ね、とまたも頷き合っている。

「そうか。お父さんたちは、精霊船を担ぐとか？」

「もちろんさね。毎年担ぎよるし」胸を張ったのは横川だった。

「今年こそは、ちゃんと流し場まで行ってもらわんとね」田辺が唇を曲げる。

「そうね。去年は調子に乗り過ぎて途中で船ば壊してしもうたもん。今年流し場まで行けんかったら……」

「きっと今年は大丈夫や」私は願望を込めて言った。

「先生は、担がっさんと？」田辺の質問に、私はかぶりを振った。

「先生は無理たい。見ればわかるやろう」私は自嘲気味に微笑んだ。

「やっぱりまだ、痛いと？」横川が同情する眼差しで、私の左脚を見る。

「心配せんでも、平気たい」虚勢を張ってみせたが、下から強い調子で否定された。

「平気じゃないやろうもん」

悠太の両手が、私のシャツをぎゅっと掴んでいる。咎《とが》めるような仕草《しぐさ》だった。

気まずさを避けるように、田辺が話題を変えた。

「そういや先生、さっき坂田《さかた》くんば見かけたよ。津町《つまち》の精霊船についていきよった」

「ああ、坂田は津町やったかね」

坂田というのも、私のクラスの生徒だった。私は交差点から流し場へと続く道の方角を見る。津町の精霊船は、ちょっと前に交差点をぐるりと二周して流し場へと消えていた。あの男衆の中に教え子が交じっていたのか。もっと前で見ていれば確認することができたのに、声をかけることもできたかもしれないのにと、少し残念な気持ちになる。

「うん。足もとで爆竹の鳴りよったとに、あの子、嬉しそうにはしゃぎよったと。熱い熱いって言いながら、ぴょんぴょん飛び跳ねよると」

口を尖らせる横川に、田辺が同意する。

「ね、ちょっと頭のおかしかよね、あの子」

「お父さんと一緒で、嬉しかったとやろうもん」

わんぱくなガキ大将への弁護は、横川にぴしゃりと撥ねつけられた。

「でも私は好かんけん、坂田のこと」

「私も好かん」

「本当にガキよね、あいつ。バス遠足のときにも、どこかから捕まえてきた蛙《かえる》ば女子の顔にくっつけようとするし」

「信じられんよね。美鈴《みすず》ちゃんとか泣きよったとに。女子だけならともかく、運転手さんにも悪戯《いたずら》しよったやろ。チョー迷惑野郎やけん」

「許せんよね」

「うん。ぜったいに許せん」

あのときも、そういえばあのときも――と、お喋りな仲良しコンビが非難合戦を始め、私が口を挟む余地はなくなる。

「あ……めぐみちゃん、そろそろ私たちの町の精霊船の来るよ」

田辺が我に返った様子で、横川の腕を引く。しばらく名残惜しそうに私のことを見上げていた横川だったが、やがて小さく手を振った。

「じゃあね、先生」

「悠太くんも、じゃあね」

田辺が悠太に別れの挨拶をする。悠太は応えなかった。私は引っ込み思案な息子に苦笑しつつ、最後に二人に訊《き》いた。

「ところでおまえたち、家族の人は来とらすとか」

そのことがずっと気になっていた。

「心配せんでも大丈夫よ。うちはお母さんとお祖父《じい》ちゃんとお祖母《ばあ》ちゃんが来とるし、めぐみちゃんのお母さんと弟もあそこにいるけん」

田辺が指差す群衆のどのあたりに家族がいるのかはわからないが、嘘ではないのだろう。私は安堵《あんど》しながら、わかったと頷いた。二人は交互に振り返りながら手を振り、そのたびにうふふと微笑み合いながら人ごみに紛《まぎ》れて消えた。

教え子の姿が見えなくなると、私は悠太の肩に手を置いた。

「悠太も、そろそろ時間ぞ」

もうすぐ私たちの住む町の精霊船が、交差点にやってくるはずだった。くじ引きで決められた順番だと、いま交差点を周回している船の次だ。

「僕、怖がっとるわけじゃないと」

悠太はぴったりと私にくっついたまま、離れない。

「うん。わかっとる。悠太が強くて優しい子だということは、お父さんが一番ようわかっとる。お母さんのことが心配かとやろう？　お父さんもそうたい。でも、行かないといけけん……わかっとるよな？」

ようやく顔を上げた悠太の目が、私を見た。

陥没して変形した頭、血まみれの顔。あのときのままだった。

三か月前、私の勤務する小学校で、眉山《びざん》へのバス遠足が催された。新一年生の歓迎を目的としたもので、バスには一年生と六年生が同乗していた。私は引率の教師として、悠太は新一年生として、同じ車両に乗った。

曲がりくねった山道で運転手がハンドル操作を誤ったのは、坂田が運転手の顔の前に蛙を差し出したからだった。バスは反対車線に大きく膨らみ、ガードレールを突き破って山肌を転落し、やがて炎上した。五人の死者を出す大惨事だった。

死んだのは坂田と田辺、横川、悠太――そして私だ。

転落でひしゃげたシートの隙間に脚を挟まれた坂田は、救助が間に合わず、炎上するバスの車内で焼死した。激突の拍子に窓から外に投げ出された田辺と横川の仲良しコンビは、亡くなったときにも互いの手を握り合ったままだった。悠太は横転する車の中で全身に打撲を負った。死因は脳挫傷《のうざしょう》だった。

「お母さん……一人で平気かな」

悠太は気遣わしげに、母の横顔を見上げた。夫と息子の魂を弔うために精霊流しに訪れた智子の頰には、涙の筋が伝っている。だがその涙を乾かしてあげることは、私にも、悠太にもできない。この三か月、智子のそばで過ごして痛感させられた。私たちにできるのは、ただ彼女の幸せを願うことだけだ。

「どこに行ってもお母さんのことば、見守っていてやろうな」

頷く悠太は涙を堪《こら》えているのか、不自然に頰が痙攣《けいれん》していた。

交差点に、私たち家族の住む、いや、かつて住んでいた町の精霊船が進入してくる。

「行こうか」

「僕たち……どこに行くと？」

「あの船に乗って、どこかにさ……」

私はしがみつく息子の肩に手を置き、体重をかけた。本当に優しい子だと思う。事故に遭《あ》って以来ずっと、私の失った左脚の代わりをしてくれていたのだから。

「さようなら、智子」

「さようなら、お母さん」

ふいに智子が私たちのほうを向いた。私たちの姿は、見えていないはずだ。だが声の出処《でどころ》を探るように、視線をさまよわせている。私たち父子は顔を見合わせた。

「なまいど、なまいど」掛け声と爆竹の音は続く。

夏の終わりを告げるように、ひんやりとした風が吹き抜けた。

アンゲリカのクリスマスローズ　中山七里

初出『5分で読める！　ひと駅ストーリー　冬の記憶　東口編』（宝島社文庫）

彼女の眠る場所は古びた墓地の奥にあった。

わたしは献花を携《たずさ》えてそこに向かう。何か思い悩んだ時、あるいは喧騒から逃れたい時、わたしはしばしばここを訪れるようになっていた。

雪で薄化粧を施された墓石の周りに、薄紫のクリスマスローズが顔を覗かせていた。クリスマスローズは別名雪起こしとも呼ばれる。冬枯れの大地の中から雪を持ち上げるようにして花を咲かせるからだ。男のわたしがこんな知識を得たのも、元はといえば愛する女性が殊《こと》のほか、この花を気に入っていたからに過ぎない。

我が愛する女性、アンゲリカ。享年二十三歳。

ああ、何という若さのうちに彼女は逝《い》ってしまったのだろう。残されたわたしは今年で五十過ぎだというのに。

アンゲリカ――いや、彼女の前ならニックネームのゲリと呼んでも構わないだろう――ゲリがこの世を去ってからもう九年も経《た》つというのに、わたしは一日足りとて彼女を忘れたことはなかった。彼女を初めて見た時の衝撃と憧憬《どうけい》と同様に。

ゲリはわたしの姉アンゲラの娘だった。八歳の時に父親が亡くなり、その後アンゲラの女手《おんなで》一つで育てられた。アンゲラとわたしが異母姉弟という事情もあり、ゲリと初めて会ったのは彼女が十四歳の時だった。

天真爛漫《てんしんらんまん》というのはまさしく彼女のためにある言葉だと思った。相手が大人だろうが目上の人間だろうが、思ったことを遠慮なく口にする。どこまでも自由奔放で、彼女の言動を止められる者は誰もいなかった。その癖、誰からも愛され、賑わいの中心にはいつも彼女がいた。彼女が笑うとそれだけで空気が軽やかになるような気がしたのだ。

行動的な性格で、よく映画やショッピングに出掛けた。だが、決して華美なものを好んだ訳ではなく、服装は大抵プリーツスカートに白ブラウスという楚々《そそ》とした出《い》で立ちだった。そんな秘められた慎ましさもわたしを惹きつけずにはおかなかった。

一方のわたしといえば、礼儀正しさだけが取り柄の陰気な男だった。貧しい生活に首までどっぷり浸かっていたせいか社交性に乏しく、女性に対して軽口の一つも叩けない。今も尚《なお》五十を過ぎて独り身なのは、偏《ひとえ》にこの性格が災いしている。つまり、わたしとゲリはまるで正反対の性格だったのだ。

だからわたしがゲリに惹かれたのも当然といえた。人間はないものねだりの動物だ。自分に足りないものを無意識のうちに欲する。わたしの目には、ゲリの陽気さと奔放さがまるで太陽のように映ったのだ。だが、わたしに何ができただろう。いくら血が繋がっていないとはいえ、わたしは彼女の叔父であり、しかも二十ほども齢が違うのだ。わたしは狂おしい想いを胸に秘めたまま、彼女の前では優しい叔父として振る舞うしかなかった。

二人の関係が変化したのは、わたしが三十五歳の時だった。当時わたしは大層な罪を犯し、禁固五年の判決を受けて服役していた。この世に牢獄ほど色彩に乏しいところはない。ところが来る日も来る日も灰色の壁を眺め続けていたわたしに、ある日面会者が現れた。

ゲリだった。

彼女は抱えていたクリスマスローズをわたしに手渡した。淡黄色の可憐な花弁だった。

「ずいぶんと大人しい花だね」

「迷ったけど、わたしの好きな花だったから……それに、今の叔父さまに一番合っていると思ったから」

「今のわたしに？」

「クリスマスローズは冬の寒さに耐え忍んで花を咲かせるの。だから不屈の精神を表わす象徴という人もいるのよ」

不屈の精神。

それを聞いた刹那《せつな》、朽ちかけていたわたしの内部に火が点《とも》った。単純なものだ。希望のひと欠片《かけら》さえあれば、人は闘う理由を見つけられる。

「この場合負けるなということは、無事に刑期を終えて出て来いという意味になるよ」

「わたし、待っています」

「え？」

「叔父さまがここから出られる日まで、ずっと待っていてくれた。小さくて温《ぬく》もりのある手。それがどれほど嬉しく、そしてどれだけ危険な誘惑であるのか、わたしも知らなかった訳ではない。だが目の前で、己《おのれ》の太陽と賛美した女性が微笑みかけているのだ。そんな誘惑に勝てるのは偏屈な聖職者くらいのものだろう。そしてわたしは宗教には無縁の人間だった。

「それは契《ちぎ》りと受け取ってよいのだろうか」

「叔父さまさえよろしければ」

それが合図だった。わたしたちはどちらかともなく顔を近づけ、唇を重ねた。

出所後、アンゲラがわたしの身の回りを世話するようになったため、ゲリとの距離は物理的にも縮まった。

わたしの気持ちを確認したゲリは大胆になり、ゲリの気持ちを知ったわたしは有頂天になった。一つ屋根の下で燃え上がった情熱は二人の肉体を爛《ただ》れさせるには充分で、昼夜を問わずわたしたちは交わった。今にして思えばゲリの母親もそれを黙認していたフシがある。昔からわたしは外敵にはともかく、身内からはいつも寵愛されてきたのだ。わたしの一族は純血ということに寛容で、しかも誇りさえ持っていた。

最愛の女性を抱くことがこれほどの愉悦だとは想像すらしなかった。誓ってもいい。現在に至るまでわたしが生涯で本当に情熱を掻き立てさせられたのは、唯一ゲリだけだったのだ。

ゲリを得たわたしは無敵だった。以前から続けていた仕事を一挙に拡大し、わたしは間もなく重要人物として扱われるようになった。日々は多忙を極め、わたしは二人分三人分どころか一個小隊分の仕事をこなさなければならなくなった。外に愛人ができたのもその頃だ。英雄は色を好むというのは本当で、仕事が順調であればあるほどわたしの本能は女性を欲した。

そんなわたしの変心をゲリが気づかないはずもなく、次第に彼女は不満を募《つの》らせ始めた。一人で外出することが多くなり、陽気でしかなかった顔に影が差すようになった。共に暮らしているとはいえ、正式に結婚している訳ではない。ゲリが散財しようが、外を遊び歩こうが、わたしにできるのは叔父としての叱責だけだった。だが、わたしの罪悪感を見透かしていたゲリは叱責を冷笑で返すようになった。

そして悲劇が起きた。

ゲリが凌辱されたのだ。

相手はゲリが軽い気持ちで（そうに決まっている）付き合っていたアンドレイとい

う外国人で、芸術家くずれのくだらないチンピラだった。しかも悪いことは重なるもので、こともあろうにゲリはその男の子供を身籠ってしまった。

災禍は連鎖する。妊娠の事実を知らされたゲリは傷心のまま徒《いたずら》に時を過ごしていた。わたしの留守中に手紙が届いたのは、ちょうどそんな時だった。運命の悪戯《いたずら》だとしか言いようがない。届いた手紙は愛人がわたしに宛てたラブレターだったのだ。

開封して読み終えるなり、ゲリは手紙を四つに破り捨てた。そして思い詰めた表情で自室に閉じ籠もった。家政婦には誰も部屋に入れるなと言い残して。

ゲリの死体が発見されたのは翌朝のことだった。ゲリは布で包んだ銃を口に咥《くわ》えて発砲していた。わたしが家に駆けつけた時には、警察が死体を運び出した後だった。

わたしは三日三晩煩悶し、世界を呪った。

そして四日目の夜、世界よりも先にアンドレイを憎むのが先決であることに気がついた。全ての元凶はあの男だ。あの男を屠《ほふ》らない限り、ゲリとわたしは永遠に安寧を得ることができない。しかし既にアンドレイは母国に逃げ帰った後で、わたしの手の届かないところにいた。

わたしは更《さら》に苦悶した。いかなる重要人物であろうと人一人殺せば罪になる。それではわたしの事業が継続できなくなってしまう。

そこで一計を案じた。ヒントを与えてくれたのは一冊の推理小説だ。イギリスのクリスティという作家が書いたもので、非常に興味深い内容だった。それによれば、個人の殺害動機を隠蔽《いんぺい》するためには、他にも無関係な殺人を繰り返し、発生する多くの動機に紛《まぎ》れ込ませてしまえばいいのだという。

素晴らしく秀逸なアイデアだ。だが、わたしはその考えを更に発展させてみた。四つの殺人を犯せば動機は隠せるかも知れないが、それでも四分の一は疑惑を持たれることになる。自分をより安全圏に置くには四つよりは五つ、五つよりは十の殺人を行う方がずっと理に適《かな》っているではないか。

そしてわたしはそれを実行した。アンドレイを含め、何人もの外国人の命を奪ってやった。今では死体の数が多過ぎて、アンドレイの死をゲリと関連づける者は誰もいない。

だが一度湧き起った殺戮《さつりく》の嵐は、もうわたし自身にも止めることができなかった。わたしはこれからも両手を血で染めていくのだろう。

愛するゲリ。せめて今だけはわたしに安らぎを与えておくれ。こうして君の好きだった花を捧げるから。

わたしは墓石の上に淡黄色のクリスマスローズを手向けた。

〈Angelika Maria Raubal　1908～1931〉

しばらく黙禱していると、無粋《ぶすい》な部下がわたしを呼びに来た。

「ヒトラー総統。官邸でゲーリング元帥がお待ちです」

今ひとたび　森川楓子

初出『もっとすごい！　10分間ミステリー』（宝島社文庫）

このたび、世間を震え上がらせた一連の残酷な事件の犯人が捕まったと聞いて、心の底から安堵《あんど》いたしました。

この半年あまりの日々、幼子をもつ親御さんたちはどれほど怯《おび》え、怒りを募らせてきたことでしょうか。子供たちは外出を控えるようになり、公園で遊ぶ子らの可愛《かわい》い姿を目にすることもめっきり少なくなっておりました。子供たちの声がようやく街に戻ってくるかと思うと、それだけで胸がいっぱいになります。捜査関係者の方々の執念が実を結んだこと、一市民として本当に感謝しております。

犯人が逮捕されたと申しましても、むごたらしく奪われた四人の幼い命が帰ってくるわけではありません。ご遺族の苦しみ、哀しみは、生涯癒されることはないでしょう。胸が張り裂ける想いがいたします。

殺されたのは、男の子が一人、女の子が三人……いずれも四歳から五歳の、無力な幼児ばかりでした。犯人は、子供が喜びそうなおもちゃを用いて興味を引き、自室に連れこんで犯行に及んだと聞いております。疑うことを知らぬ子供らの好奇心を利用した、あまりにも卑劣な犯行方法ではありませんか。考えるだに鳥肌が立ちます。

……板東《ばんどう》？　それが犯人の名前でしたか。板東光男《みつお》……ですか。はあ……。

いいえ、失礼しました。そのような名前など、私にとってはまったく意味がないのです。あのような鬼畜に、人の名前を与えることすらおぞましい。ただ「犯人」とのみ呼ばせていただきます。

犯人が供述しているという犯行動機は、まともな人間には理解不能な、身勝手きわまりないものです。自分が恵まれない幼少時代を過ごしたから、いじめられっ子だったから、友達ができなかったから、女性と付き合えなかったから……その鬱憤のはけ口を、抵抗できない幼児に向けるなんて。同情の余地などありません。ご遺族の皆様が願ってらっしゃる通り、極刑をもって償ってほしいと思います。

世の中には、死刑廃止を訴える人々がいます。いわく、冤罪《えんざい》の可能性がぬぐいきれないとか、どんな犯人にも更正の可能性はあるとか、犯罪者にも人権があるとか。私に言わせれば笑止です。

今回の事件に関しまして、冤罪の可能性はございません。犯人の自宅から多数の証拠が見つかっている上、本人も罪を認めており、犯人しか知り得ない情報をいくつも明らかにしているそうですからね。

人権やら更正やらいう美しい言葉も、私の神経を逆撫《さかな》でするだけです。幼い我が子を奪われた親が、犯人の更正など望むものですか。人らしく生きる権利など、与えてやりたいものですか。遺族の望みはただ一つ、鬼畜の死だけです。かなうことなら、この手で縊《くび》り殺してやりたい。できるだけ苦しみを長引かせながら……！

失礼いたしました。つい興奮しすぎたようです。弁護士の先生を前に、不穏当なことを申し上げました。

ご遺族の方々の苦しみや憎しみは、私にとって、他人事ではないのです。新聞やテレビで、うつろな目をした犯人の顔写真を見るにつけ、あの日のことが思い出されてなりません。ごく平凡で幸せだった私たちの家庭が、おぞましい犯罪者の手によって粉々に砕かれたあの日。

昌也《まさや》は、結婚九年目にしてやっと授かった子でした。

私はもともと体が丈夫でなく、二度の流産を経験しておりました。半ば諦めかけていたところに、三度目の妊娠です。もしや、今度もまた……と悪夢に怯えながら、いくつもの神社に安産の祈願をし、山ほどのお守りをいただいて参りました。その御利益のおかげか、生まれてきてくれたのは健康そのものの男の子。私も主人も、ただただ涙を流して喜びました。

昌也という名は、主人の父から一文字いただいて付けました。主人の両親と私の仲は、決して良かったとは言えません。が、昌也の誕生をきっかけに、義父も義母も人が変わったように私に優しくしてくれるようになりました。浮気性だった夫は、すっぱりと女遊びをやめて、毎晩まっすぐ家に帰ってくるようになりました。陰気だった我が家が、あの小さな赤ちゃん一人のおかげで、笑いの絶えない明るい家庭に生まれ変わったのです。奇跡のように幸せでした、本当に……。

私たち家族の愛情につつまれて、昌也はすくすくと成長しました。人なつっこくて、可愛い子でした。親のひいき目ではありません。ご近所の方々もみんな、「こんな愛くるしい子は見たことがない」と口を揃《そろ》えて言ってくれました。

可愛いだけでなく、とても心の優しい子でした。薬局の店先に置いてあるカエルの人形が、雨に濡れているのがかわいそうだと言って、傘を差しかけてやるような。

あの子のそんな微笑《ほほえ》ましい姿を見るにつけ、切ない想像をしたものです。いつか昌也は、カエルではなく可愛い女の子に傘を差しかけるようになるのだろう。今は「ママが世界一大好き」と言ってくれる昌也も、いずれはその言葉を他の女性に向けるようになるのだろう。そんな日が来るのが、少し恐ろしい……。

今にして思えば、むなしいことでした。昌也がガールフレンドを私に紹介してくれる日なんて、永遠に来なかったのですから。

昌也を失って、私たちの生活は崩壊しました。

おまえが昌也から目を離したせいだと、主人も義父母も、私の実の両親までも、私を責め立てました。まるで私が、この手で我が子を殺《あや》めたかのように。

　夫は以前の愛人とよりを戻し、めったに家に帰ってこなくなりました。義父母は、昌也の写真やおもちゃを抱きしめては、毎晩むせび泣くばかりでした。

　昌也を奪われてから一年後、私たちは離婚いたしました。夫はその後、愛人と再婚したものの、酒が過ぎて体を壊し、数年前に亡くなったと聞いております。義父母については、消息も何も存じません。もはや、赤の他人ですから。

　私ですか……？　私は再婚せず、今日まで独りで暮らしております。パートの稼ぎと実家からの援助のおかげで、なんとか食べてはいけます。

　パートのない日は、一日じゅう部屋にこもって、昌也の服やおもちゃに語りかけて過ごします。あの子のものは処分できなかったのです。破れた落書き帳や、折れたクレヨンまで……何一つとして、捨てる気になんてなれませんでした。


　話が先走ってしまったようです。あの日のことをお話ししましょう。

　私はいつものように、昌也を連れて近所のスーパーに買い物に行きました。私が魚を選んでいるほんのわずかな間に、あの子はいなくなったのです。

　最初は、お菓子の売り場にでも行ったのだろうと軽く考えておりました。けれど、そこに昌也の姿はありませんでした。

　昌也を呼ぶ私の声は、だんだん大きくなりました。ついには半狂乱になって子の名を呼ぶ私を、買い物客たちが怪訝《けげん》そうに眺めておりました。

店内に、迷子の放送を入れてもらいましたた。その子なら、女と一緒に歩いているのを見たという証言をする人が出てきました。

防犯カメラには、中年の女性がぬいぐるみのような物をちらつかせて、昌也に話しかけている姿が映っていました。人なつっこい昌也は、愛想のいい女性の笑顔に、なんの警戒心も抱かなかったことでしょう。女が昌也の手を引いて歩く姿は、周囲の人には、まったく違和感のない親子連れに見えたはずです。

女と昌也が店を出て行くところが、カメラに映っていました。翌日、昌也の衣類と靴が河原に捨てられているのが見つかりました。

それきりです。犯人の手がかりも、昌也の行方も、何一つつかめないまま日が過ぎてゆきました。

昌也を想って泣き崩れた日々が、今では幻のように思えます。一年が過ぎ、二年が過ぎ……私の涙は涸《か》れ果てました。

昌也の消息がまったくつかめないことが、かえって私の慰めになりました。

悪い報《しら》せがないということは、あの子はきっと生きているのだ。防犯カメラに映っていたあの女は、子供を殺すつもりではなく、ただ昌也が可愛かったから連れ去ってしまったのだ。だから昌也は、大事に匿《かくま》われて、のびのびと成長しているに違いない。

私が見上げる、この空の下で。あの子もきっと、私と同じ雲を見上げているのだ。そう考えて、自分を支えて参りました。

――二十年という月日が、どうしても信じられずにおります。私の中で、昌也はあどけない幼児のままなのです。

二十年の歳月を経れば、あれほど顔が変わるものなのですね。当然とはいえ、困惑いたします。私の昌也は、くりくりと大きな目をした明るい子でしたのに。報道された犯人の写真は、うつろな目をした醜い男でしたから。

けれど、一目でわかりました。目の下に薄いアザがありますでしょう。それがあの子の特徴です。いえ、アザなどなくても、見間違うはずがない。私は昌也の母ですから。

幼児連続殺人事件の犯人が逮捕されたことにより、二十年前の誘拐事件も解決の糸口が見えて参りました。あの子を育てた女が、供述を始めたそうです。事故死した我が子に、昌也がよく似ていたから、可愛くて連れ去ってしまったのだと。

本人は誘拐された記憶がなく、実の両親のことも覚えていないと言っていると聞きました。本当でしょうか？　あの子は本当に、自分をさらった女を、実の母と信じてきたんでしょうか？　おなかを痛めてあの子を産み、四年間、あれほど慈しんで育てた私のことを忘れて？

どうしても信じられないのです。あの子と……いえ、板東……でしたか。それが今のあの子の名でしたか。その鬼畜と話をさせてください。

何を話すのか……？　いえ、それはわかりません。あれはもはや、私には理解不能な怪物になり果てていることと覚悟しております。

それでも、ただ今いちど、会いたいのです。それだけです。

許されるならば、差し入れをさせていただけないでしょうか。あの子が大好きだった「ママのバナナケーキ」を、一口だけでも食べさせてやりたいのです。

今ひとたび。

どうぞ、お願い申し上げます。

がたんごとん　咲乃月音

初出『5分で読める！　ひと駅ストーリー　降車編』（宝島社文庫）

「だいぶ遅なってしもた」

とっぷりと藍《あい》の色に沈みかけた町のなか、僕は足を急がせる。今日の朝、口の周りを大好きな苺《いちご》ジャムでべたべたにしながら、カレンダーの上の電車のシールを指差して「がたんごとんの日」って笑《わろ》うてた若葉《わかば》の顔が浮かぶ。帰りしな、更衣室でしゃべり好きの先輩につかまってしもた。だだ漏れの水道の蛇口みたいな勢いのその先輩のしゃべりの切れ目がどないしても見つけられんで、こないに遅なってしもた。家に向かう最後の角を小走りで曲がったら、家の前の石段に若葉がちょこなんと座ってるんが見えてきた。うす青い空気のなかにぽつりと浮かんで見える白いパジャマ姿の若葉は、ふうっと周りの薄闇に紛《まぎ》れてしまいそうに儚《はかな》げで、僕は慌てて声を出す。

「若葉～」

膝の上の、いつも一緒のピンクのカバの縫いぐるみのピン子にしゃべりかけてた若葉が顔を上げ、ぴょこんとうれしそうに立ち上がる。

「とうしゃん、うかえりっ」

駆け寄った僕に若葉が飛び付いてくる。ただいま、と抱き上げた若葉の頭のてっぺんにはまだお日様の匂いが残ってる。その幸せの匂いに鼻を埋《うず》める僕の腕から、若葉が待ち切れんように地面に下りた。

「はやくのってくだしゃーい」

地面に置かれた、輪っこになったロープのなかに若葉が両足でぴょんと跳び込んで、僕においでおいでをする。はいはいと笑いながら、同じように輪っこのなかに僕が入ったんを確かめて、若葉がうれしそうにロープを持ち上げる。その両手のあいだには、丸く切ったダンボールに『ワカバ５５５』と黒いマジックで大きく書かれたプレートがぶら下がってる。

「はっしゃ、うーらい」

いまだに「お」の音もうまいことよう出さんくせに、顎を引いて精一杯いばったような声を作ってる若葉が、おかしいやら、かいらしいやらで、くすくす笑けてくるとこを、僕も精一杯真面目な声を作る。

「発車、オーライ」

それを合図に若葉が、がたんごとん、がたんごとんと言いながら、うれしそうに歩き出す。その後に僕も続きかけてふと止まる。

「運転手さん、お客さん乗せるん忘れてますよ」

石段の上にぽつんと置き去りになったピン子を慌てて拾い上げた若葉が、はっしゃ、うーらいともういっぺん声を上げて、がたんごとん、がたんごとん、とワカバ５５５号がやっと走り出した。

電車の車掌をしてる僕の毎日の通勤時間は不規則で、夜の七時半には寝てしまう若葉が起きてるあいだに帰ってこられるんは週に一ぺんぐらいで。その日を若葉は楽しみに、カレンダーに電車のシールを貼《は》って『がたんごとんの日』って呼んで、こんなふうに僕の帰りを待ってる。

「みぎにみえましゅのは、じいじのはたけー、ひだりにみえましゅのは、ばあばのかだんー」

電車の運転手もバスガイドもごっちゃにした若葉が、石段から母屋《おもや》に続く飛び石の両側をそう言いながら指差す。昔は田んぼしかなかったというこの辺り、古くからの地主である嫁はんの両親のどっしりと古い大きな屋敷の離れで、僕ら親子三人は暮らしてる。離れに住んでるって言うても、僕らはしょっちゅう母屋に入り浸りで、ほとんど同居してるようなもんで、僕は若葉が生まれたとき、ちょっと心配になった。ダジャレ好きで大きなガラガラ声でよう笑うお義父《と》さんと、面倒見がようてご近所の人気もんのお義母《かあ》さん、いつもハツラツとしてて僕がうろうろと迷うたりしてたら笑いながら背中をバンバンとたたいてくれるような嫁はんのさつき、そんな家族のなかで、僕は若葉の目にどないなふうに映っていくんやろうって。ピチピチと元気に跳ねる魚を横目にぼおっと浮いてるボウフラみたいに影の薄い頼りないオトンって、嫌がられるんとちゃうやろかって。けど、それはいらん心配やったみたい。若葉は僕のことを、とうしゃん、とうしゃん、と、ちゃんと慕《しと》うてくれるようになった。僕の胸の奥が幸せできゅっと詰まるぐらいの一途《いちず》さで。

「うっきくなったら、とうしゃんの、うよめしゃんになる」

ちょっと前にはそんなことも言い出した若葉。そうか、そうかと顔と一緒に心もへなへなにした僕のそばから、そら無理やん、父さんのお嫁さんはもう母さんがいてるもんってさつきが言うてしもたけど、その言葉にいっちょこまえに腕組みをした若葉がまた言うた。

「じゃあ、でんしゃのうんてんしゅしゃんになるっ。そしたら、しゃしょうしゃんのとうしゃんと、いっつもいっしょにいられるもん」

気持ちがぶわっとあふれそうになったんを僕は必死でこらえてたつもりやったけど、ほら、若葉がそんなん言うから父さんうれしいて泣きそうになってんでってさつきが笑い、とうしゃん、なかんといてと若葉に頭をなでられた。

それからすぐに、運転手さんになる練習をしたいって言う若葉に、この電車ごっこのロープを作ってやった。『ワカバ』の字の下に、若葉の誕生日の5月5日にちなだ555っていうのを書いたら、わあい、本物みたいって、目をキラキラさせて喜んだ若葉。

そのワカバ555号での電車ごっこ。家の前の石段から玄関に着くまでのほんのひとときを、若葉と同じぐらい僕も楽しみにしてて。

サラサラとおかっぱを揺らす若葉のちいちゃな背中。こんなふうにすぐ近くにおれるんはほんのちょっとのあいだ。そう、これからの若葉の人生という長い旅路のなかのほんのひと駅分ぐらいのあいだ。いつか、このロープの外の自分の世界にがたんごとんと踏み出してくんやろう。もしかしたら、僕のお嫁さんになるって言うたことも、この電車ごっこのこともいつか忘れてしもて……。けど、ええねん。僕は覚えてるから。若葉と過ごしたこの幸せなひとときを。そうして僕はずっと願うやろう。若葉がいつも幸せでありますようにって。いま、若葉のがたんごとんっていう声の合間に僕が繰り返し思うてるみたいに。がたんごとん、幸せに、がたんごとん、いつもいつのときも。がたんごとん、がたんごとん、がたんごとん、がたんごとん……。

「ちょっと、お父さんっ」

急にさつきの声。一瞬、自分がどこにいてるんかわかれへん。頭のなかにはさっきまでがたんごとん、がたんごとんって声を合わせてた若葉の幼い声が残ってる。

夢やったんか。ぼおっとしてる僕の顔を、じきにお式が始まんのに大丈夫？　って、綺麗《きれい》に頭を結い上げた留袖《とめそで》姿のさつきがのぞき込む。その後ろでお義父さんとお義母さんが笑うてる。

「花嫁の父が居眠りってか」

「ほんまにねぇ」

みんなが僕を見てくすくす笑い合うんに、えへへへって照れ笑いしながら僕が立ち上がったとこに係の人の声が響いた。

「みなさま、お式のお時間です」

大きく開けられたドアから、控え室のなかの幸せなさざめきが動き出す。

とうしゃんのうよめさんになるって言うてた若葉はそれからすくすくとハツラツと大きなって、女の子にありがちな「オトン、うっとおしい」っていう時期も普通に通り抜け、電車の運転手さんやなくて婦人警官になった。もうちいちゃいときのことなんて忘れてしもたんやろなって、淋《さみ》しなることもあるにはあったけど、日の光をイキイキとはねかえす緑みたいに伸びやかに育ってく若葉を見てたら、もうそれだけで僕には充分やった。

式場に向かいかけた僕の足がふと止まった。披露宴の受付にウェディングドレス姿のカバのピン子が、タキシード姿のカバと一緒にちょこんと並んでた。懐かしなあ、こんなんまだ取ってあったんやと、手に取ってまじまじと見てたら、ほらお父さん、急いでって、横から伸びてきたさつきの手がピン子をさっと取り上げてテーブルの上にぽんと戻した。瞬間、手のなかがぽかりと淋しなった。ピン子と一緒に大事なもんが僕の手のなかからするりと離れてったみたいで。ほんまにお嫁に行ってしまうんやなぁ。そんな僕を、ピン子が丸い目でじっと見上げてる。

柔らかい日差しがさす廊下のガラス越しに、真っ白な鈴なりの花の枝を揺らすコデマリが見える。その向こうには真っ白なバラ。なんべん聞いてもよう覚えられへん、スペイン語で白い庭という意味のこのレストランの庭は、その名前のとおり白い花であふれてる。

その白い花に囲まれたパティオで、若葉は結婚式を挙げる。ホテルでもどこでも、なんぼでも盛大にやったらええ、勘定はみな、わし持ちやってお義父さんはかなり言うたけど、若葉と若葉の旦那さんになる人が選んだんは、二人が大好きやというこのレストランで。ここで親しい人に囲まれての人前《じんぜん》結婚式っていうのは、確かに若葉らしいんかもしれん。

その若葉が廊下の端《はし》で僕らを待ってた。ひと目見て僕の息が止まった。ガラス越しの庭を見つめながらたたずむドレス姿の若葉は、白い庭から抜け出してきた真っ白な一輪の花みたいで。凛《りん》と清らかなその姿に声も出せんと突っ立ってる僕に、若葉がゆっくり振り向いた。

「父さん」

その声の神妙な響き。今日ぐらいシャンとしたオトンでいたいからって、一生懸命こらえてたもんがとうとうこぼれ出そうになる。

「父さん、これ」

若葉がその真っ白な手袋をはめた手を僕にゆっくり差し出した。そのなかに大事そうに包まれてたんは……あの電車ごっこのロープやった。ロープは真新しいもんになってたけど、ワカバ555のプレートはその先にちゃんとぶら下がってる。

「これつけて、一緒にバージンロード歩いてほしいねん」

思わず隣のさつきを見たら、いたずらっぽく笑うてる。その顔は知ってた顔やな。

「父さん、電車ごっこのこと、覚えてた？」

もちろんと僕はうなずく。

「あのころ、父さんがあたしの声に合わせて一緒にかけてくれてた、がたんごとんっていう声。あたしの心のなかにはずうっと残ってた。不安になって立ち止まりそうになったときも、その声を思い出したら、大丈夫、どんなときも父さんが後ろから見守ってくれてるって、そんな気がしていっつも前に進めてん」

さつきに似て陽気で勝気で、父親の僕でもその泣いてるとこをほとんど見たことのない若葉の目が真っ赤になってる。

「そやから、今日これから、あたしの大切なとこへ行く道、もういっぺん、あんなふうにして一緒に歩いてほしいなって……」

そう言うた若葉の目から涙がぽろりとこぼれた。けど、それより一瞬早《はよ》う、僕の目からはもうぽろぽろ涙がこぼれ出てて。

「お父さん、しっかりしいな」

さつきがそう言うて僕の背中をばんばんたたく。けど、その顔も泣き笑いになってた。

「では、そろそろお時間です」

係の人の声に、両開きの扉がゆっくり開いた。まぶしい光が僕の目にあふれる。

「発車オーライ」

もうすっかりいつもどおりの若葉の声。

「……発車、オーライ」

少し遅れて応えた僕を、若葉が首をひねって振り返った。

父さん、ありがとう――唇の形だけでそう言うて、若葉がゆっくり歩き出した。がたんごとん、がたんごとんと優しいリズムを声にしながら。僕もそれに続く。がたんごとん、どうかどうか幸せに、がたんごとん、いつもいつものときも。がたんごとん、がたんごとん、がたんごとん……。

あのころからずっと、そしてこれからもずっと、僕の心のなかで響き続けるリズムと一緒に。

この物語はフィクションです。もし同一の名称があった場合も、
実在する人物、団体等とは一切関係ありません。

執筆者プロフィール一覧　※五十音順

乾緑郎（いぬい・ろくろう）

一九七一年、東京都生まれ。『完全なる首長竜の日』（宝島社）にて第九回『このミステリーがすごい！』大賞・大賞を受賞。『忍び外伝』（朝日新聞出版）で第二回朝日時代小説大賞も受賞し、新人賞二冠を達成。『忍び秘伝』（朝日新聞出版　※文庫化の際に『塞《さえ》の巫女』に改題）にて第一五回大藪春彦賞候補。他の著書に『海鳥の眠るホテル』『鷹野鍼灸院の事件簿』（以上、宝島社）、『機巧のイヴ』（新潮社）などがある。

上原小夜（うえはら・さよ）

一九七二年、福岡県生まれ。第四回日本ラブストーリー大賞・大賞を受賞、『放課後のウォー・クライ』（宝島社、※文庫化の際に『放課後のウォークライ』に改題）にて二〇〇九年デビュー。恋と旅をテーマにしたアンソロジー、『LOVE & TRIP by LESPORTSAC』（宝島社）などに参加。

大泉貴（おおいずみ・たかし）

一九八七年生まれ、東京都在住。第一回『このライトノベルがすごい！』大賞・大賞を受賞、『ランジーン×コード』にて二〇一〇年デビュー。他の著書に『アニソンの神様』『東京スピリット・イエーガー　異世界の幻獣、覚醒の狩人』『サウザンドメモリーズ　転生の女神と約束の騎士たち』（すべて宝島社）、『我がヒーローのための絶対悪（アルケマルス）』（小学館）などがある。

岡崎琢磨（おかざき・たくま）

一九八六年、福岡県生まれ。第十回『このミステリーがすごい！』大賞・隠し玉として、『珈琲店タレーランの事件簿　また会えたなら、あなたの淹れた珈琲を』にて二〇一二年デビュー。最新作は『珈琲店タレーランの事件簿4　ブレイクは五種類のフレーバーで』（ともに宝島社）。

喜多南（きた・みなみ）

一九八〇年、愛知県生まれ。第二回『このライトベルがすごい！』大賞・優秀賞を受賞、『僕と姉妹と幽霊の約束』にて二〇一一年デビュー。他の著書に『僕と姉妹と幽霊の再会』『僕と彼女と幽霊の秘密』（すべて宝島社）がある。

喜多喜久（きた・よしひさ）

一九七九年、徳島県生まれ。第九回『このミステリーがすごい！』大賞・優秀賞を受賞、『ラブ・ケミストリー』にて二〇一一年デビュー。他の著書に『猫色ケミストリー』『リプレイ2・14』『二重螺旋の誘拐』（すべて宝島社）、「化学探偵Mr.キュリー」シリーズ（中央公論新社）、捏造論文の謎を追った『捏造のロジック』（宝島社）など多数。

小林ミア（こばやし・みあ）

宮城県生まれ。第八回日本ラブストーリー大賞・隠し玉として、『キャバジョ！』にて二〇一三年デビュー。他の著書に、小林深亜名義で『【潜入】医師狩りの村』（以上、宝島社）がある。

咲乃月音（さくの・つきね）

一九六七年、大阪府生まれ、香港在住。第三回日本ラブストーリー大賞・ニフティ／ココログ賞を受賞、『オカンの嫁入り』（※文庫化の際に『さくら色　オカンの嫁入り』に改題）にて二〇〇八年デビュー。他の著書に『ゆうやけ色　オカンの嫁入り・その後』『僕のダンナさん』『オカンと六ちゃん』『ジョニーのラブレター』（すべて宝島社）がある。

佐藤青南（さとう・せいなん）

一九七五年、長崎県生まれ。第九回『このミステリーがすごい！』大賞・優秀賞を受賞、『ある少女にまつわる殺人の告白』にて二〇一一年デビュー。他の著書に『消防女子!!　女性消防士・高柳蘭の誕生』『サイレント・ヴォイス　行動心理捜査官・楯岡絵麻』『ブラック・コール　行動心理捜査官・楯岡絵麻』（すべて宝島社）、『ジャッジメント』（祥伝社）などがある。

里田和登（さとだ・かずと）

一九七八年、東京都出身。第一回『このライトベルがすごい！』大賞・金賞を受賞、『僕たちは監視されている』にて二〇一〇年デビュー。他の著書に『僕たちは監視されている ch.2』（以上、宝島社）がある。

沢木まひろ（さわき・まひろ）

一九六五年、東京都生まれ。『ヘヴンリー・ヘヴン』（メディアファクトリー）にて二〇〇八年デビュー。『最後の恋をあなたと』（※文庫化の際に『ビター・スウィート・ビター』に改題）にて第七回日本ラブストーリー大賞・大賞を受賞。他の著書に『44歳、部長女子。』（以上、宝島社）、『もう書けません！　中年新人作家・時田風音の受難』（メディアファクトリー）などがある。

紫藤ケイ（しどう・けい）

一九八六年、東京都出身。第三回『このライトベルがすごい！』大賞・大賞を受賞、『ロゥド・オブ・デュラハン』にて二〇一二年デビュー。他の著書に『千の剣の権能者（エクスシア）』『紅炎のアシュカ』『クラッキング・ウィザード 鋭奪ノ魔人と魔剣の少女』『剣と魔法のログレス いにしえの女神 公式ノベル&ガイド（ノベルを担当）』（すべて宝島社）がある。

友井羊（ともい・ひつじ）

一九八一年、群馬県生まれ。第十回『このミステリーがすごい！』大賞・優秀賞を受賞、『僕はお父さんを訴えます』にて二〇一二年デビュー。『ボランティアバスで行こう！』にてSRアワード二〇一三国内部門第一位。他の著書に『スープ屋しずくの謎解き朝ごはん』（すべて宝島社）がある。

中山七里（なかやま・しちり）

一九六一年、岐阜県生まれ。第八回『このミステリーがすごい！』大賞・大賞を受賞、『さよならドビュッシー』にて二〇一〇年デビュー。他の著書に『連続殺人鬼カエル男』『いつまでもショパン』（以上、宝島社）、『贖罪の奏鳴曲』（講談社）、『テミスの剣』（文藝春秋）、『月光のスティグマ』（新潮社）、『嗤う淑女』（実業の日本社）など多数。

林由美子（はやし・ゆみこ）

一九七二年、愛知県生まれ。第三回日本ラブストーリー大賞・審査員特別賞を受賞、『化粧坂』にて二〇〇九年デビュー。他の著書に『揺れる』『堕ちる』『逃げる』（すべて宝島社）がある。

森川楓子（もりかわ・ふうこ）

一九六六年、東京都生まれ。第六回『このミステリーがすごい！』大賞・隠し玉として『林檎と蛇のゲーム』にて二〇〇八年デビュー。別名義でも活躍中。

深沢仁（ふかざわ・じん）

一九九〇年生まれ。第二回『このライトベルがすごい！』大賞・優秀賞を受賞、『R.I.P.天使は鏡と弾丸を抱く』にて二〇一一年デビュー。他の著書に『グッドナイト×レイヴン』『睦笠神社と神さまじゃない人たち』（すべて宝島社）がある。

柚月裕子（ゆづき・ゆうこ）

一九六八年、岩手県生まれ。第七回『このミステリーがすごい！』大賞・大賞を受賞、『臨床真理』にて二〇〇九年デビュー。『検事の本懐』にて二〇一二年、第一五回大藪春彦賞受賞。他の著書に『最後の証人』『検事の死命』『蟻の菜園 ―アントガーデン―』（すべて宝島社）、『朽ちないサクラ』（徳間書店）など多数。

宝島社
文庫

5分で泣ける！　胸がいっぱいになる物語
（ごふんでなける！　むねがいっぱいになるものがたり）

2015年4月1日　第1刷発行
2021年10月20日　第4刷発行

編　者　『このミステリーがすごい!』編集部
発行人　蓮見清一
発行所　株式会社 宝島社
〒102-8388　東京都千代田区一番町25番地
電話：営業 03(3234)4621／編集 03(3239)0599
https://tkj.jp
印刷・製本　中央精版印刷株式会社

ISBN 978-4-8002-3920-4